Hye Won World Best

Hye Won World Best

Hye Won World Best

Hye Won World Best 57

Poil de Carotte

홍당무

쥘 르나르 지음
봉현선 옮김

惠園出版社

나도 형이나 누나처럼 사랑 받고 싶은데.
엄마나 아빠가 어루만져 주길 얼마나 바라는데.
하지만 엄마 아빠 만나기만 하면
항상 내 기분을 망친단 말야.

···홍당무··
차 례

…홍당무…

닭 장

LES POULES

"그럼 그렇지!"

르픽 부인이 소리쳤다.

"오노리느가 닭장 문 닫는 걸 또 잊었구나!"

부인 말대로 마당 구석에 있는 닭장은 어둠 속에서 시커먼 윤곽을 드러낸 채 문이 활짝 열려 있었다.

"훼릭스, 가서 좀 닫고 오너라."

르픽 부인은 3남매 중 맏이인 훼릭스 형에게 말했다. 그러나 훼릭스 형은 대뜸 인상을 찡그렸다.

"엄만, 내가 닭 시중이나 들려고 여기 앉아 있는 줄 알아?"

훼릭스 형은 퉁명스레 내뱉었다. 그러나 사실은 무서워서 나가지 못하는 것이었다. 르픽 부인은 그것을 잘 알고 있었다.

"에르네스틴느, 네가 좀 갔다 와라."

"싫어, 무섭단 말야!"

에르네스틴느 누나는 눈을 흘기며 돌아앉았다. 그리곤 탁자에 팔을 괸 채 다시 책을 읽기 시작했다. 르픽 부인이 언제 불렀냐 싶게 책읽기에 몰두하는 것이었다.

"아참, 내 정신 좀 봐!"

르픽 부인은 갑자기 생각난 듯 고개를 돌렸다. 탁자 밑에서 놀고 있는 홍당무가 생각난 것이었다.

"홍당무야, 네가 갔다 와라! 어쩜, 네 생각을 못 하다니!"

르픽 부인은 마치 대단한 발견이라도 한 듯했다.

홍당무란 르픽 씨네 막내를 가리키는 것이었다. 머리카락이 빨갛고 얼굴이 온통 주근깨 투성이어서 붙은 별명이었다.

"하지만 엄마, 나도 무서운데……."

홍당무가 겁에 질려 말끝을 흐렸다.

"다 큰 녀석이 무섭긴 뭐가 무섭다고! 잔소리 말고 갔다 와!"

르픽 부인은 훼릭스 형과 에르네스틴느 누나에게와는 달리 인정을 두지 않았다. 그러자 훼릭스 형과 에르네스틴느 누나가 책에서 눈을 떼며 돌아앉았다.

"넌 원래 간이 염소만큼 크잖아."

에트네스틴느 누나가 생긋 웃으녀 말했나.

"세상에 무서운 게 없는 녀석이 괜히 엄살은."

훼릭스 형도 맞장구를 쳤다.

형과 누나가 부추기자 홍당무는 우쭐해졌다. 그래서 당장 실눈이 되도록 활짝 웃으며 탁자 밑에서 기어 나왔다. 칭찬을 듣고도 무서워

한다면 그것은 분명 수치스러운 일이었다.

홍당무는 모질게 마음을 먹고 벌떡 일어섰다.

"알았어, 갔다 올게."

홍당무는 훼릭스 형과 에르네스틴느 누나에게 자신의 용감함을 보여 주어야겠다고 단단히 다짐을 했다.

홍당무가 나가자 르픽 부인은 입을 비죽거리며 어깨를 움츠렸고, 훼릭스 형은 피식 웃곤 다시 책을 보기 시작했다. 그래도 에르네스틴느 누나는 촛불을 들고 복도까지 데려다 주었다.

"얼른 갔다 와, 여기서 기다리고 있을게."

에르네스틴느 누나가 겁먹은 목소리로 말했다.

그러나 에르네스틴느 누나는 바람이 불어 촛불이 꺼지자 그대로 달아나 버리고 말았다. 홍당무가 채 돌아서기도 전이었다.

홍당무도 그냥 돌아가고 싶었지만 너무 무서워 발이 떨어지지 않았다.

주위가 너무 어두워 한치 앞도 보이지 않았다. 그때 문틈으로 바람이 들어오면서 '휘이익' 소리를 냈다.

홍당무는 울고 싶었다. 바람이 담요처럼 싸서 낚아채 가면 어쩌나, 여우나 늑대가 나타나면 어쩌나 하는 생각이 들면서 등에서는 식은땀이 흘러내렸다.

'에이, 어차피 해야 될 일, 죽기 아니면 살기다!

홍당무는 눈을 꾹 감고 조금씩 조금씩 앞으로 나아갔다. 그러다 갑자기 용기를 내어 마구 달리기 시작했다. 그러나 고개를 푹 숙이고 머리를 앞으로 내민 채였다.

어림짐작으로 가다 보니 어느 새 닭장 앞이었다. 홍당무의 발자국 소리에 놀란 암탉들이 횃대에서 뛰어내리며 소란을 피웠다. 홍당무는 얼른 열쇠를 집어 들었다.

"쉿, 조용히 해. 나야!"

홍당무는 소리를 지르며 닭장 문을 닫았다. 닭들은 여전히 우왕좌왕하며 서로 부딪치고 난리였다.

닭장 문을 닫자마자 홍당무는 단숨에 집으로 내달렸다. 마치 발바닥에 바퀴라도 단 듯싶었다.

잠시 후, 집 안에 들어서자 홍당무는 저절로 한숨이 나왔다. 따뜻함이 온몸을 감싸는 순간 가슴으로는 후련함을 느꼈다. 마치 진흙탕에 더럽혀진 옷을 벗고 새 옷으로 갈아 입은 기분이었다.

홍당무는 자랑스레 웃으며 주위를 돌아보았다. 르픽 부인을 비롯하여 훼릭스 형과 에르네스틴느 누나가 대견해하며 환대해 주리라 생각한 것이었다. 닭장에 다녀오는 동안 식구들이 얼마나 걱정을 했을까.

그런데 훼릭스 형과 에르네스틴느 누나는 책을 보느라 여념이 없었다. 걱정하기는커녕 동생이 나갔다 온 줄도 모르는 듯싶었다. 르픽 부인만이 무심하게 한 마디할 뿐이었다.

"이젠 밤마다 닭장 문 닫는 건 네가 맡아 해라."

자고새

LES PERDRIX

오늘도 르픽 씨는 탁자 위에 사냥감을 쏟아 놓았다. 사냥감은 자고 새 두 마리였다.

휄릭스 형은 벽에 걸린 석판에 사냥감을 기록하였다.

그렇게 르픽 씨가 사냥을 해 오면 휄릭스 형은 기록하는 일을 맡아 했다. 에르네스틴느 누나는 사냥감의 껍질을 벗기거나 털을 뽑았고, 홍당무는 사냥감의 마지막 숨을 끊는 일을 했다. 이와 같이 르픽 씨의 삼 남매는 제각각 맡은 일이 있었다.

그 중 숨을 끊는 일은 모두 꺼리는 일이었다. 그런데 홍당무가 도맡아 하는 데에는 이유가 있었다. 르픽 부인의 말을 빌리자면, 홍당무가 겁도 없을 뿐만 아니라 잔인하기 때문에 그 일에 제격이라는 것이었다.

자고새는 탁자에 던져진 채 퍼덕거리고 있었다.

르픽 부인 얼른 죽이지 않고 뭐 하니?
홍당무 이번엔 제가 석판에 적으면 안 돼요?
르픽 부인 넌 키가 작아서 석판에 닿지 않잖아.
홍당무 털 뽑는 거는요?
르픽 부인 그건 남자가 할 일이 아냐.

홍당무는 할 수 없이 자고새를 집어 들었다. 옆에서 르픽 부인이
죽이는 방법을 자상하게 가르쳐 주었다.

부인이 가르쳐 준 대로 홍당무는 자고새를 양손에 한 마리씩 들었
다. 그리곤 팔을 뒤로 돌려 그대로 목을 조르기 시작했다.

르픽 씨 대단한데, 한 번에 두 마리를 처리하다니!
홍당무 빨리 끝내려면 이 방법밖엔 없어요.
르픽 부인 그렇게 잘하면서 하기 싫어하는 척은!

자고새는 쉽게 죽지 않았다. 아무리 세게 졸라도 몸을 비틀고 날갯
죽지를 푸드덕거리면서 끝까지 버티었다. 한 마리뿐이라면 간단하게
해치우겠으나 한꺼번에 두 마리를 처리하기 힘에 거웠다.

홍당무는 자고새를 무릎 사이에 넣어 꾹 눌러 보았다. 얼굴이 온통
벌개지고 이마에서는 땀이 흘러내렸다. 홍당무는 눈을 질끈 감았다.
그리곤 있는 힘껏 목을 졸랐다. 자고새도 마지막 힘을 다해 버티었다.
홍당무는 금세 땀에 흠뻑 젖어 버렸다.

홍당무는 얼른 일을 끝내고 싶었다. 그래서 무릎 사이에서 자고새를 꺼내어 두 발을 잡았다. 그리곤 머리를 구두 콧등으로 냅다 후려갈겼다.

"어쩜 저럴 수가!"

"저런 냉혈 인간 같으니!"

훼릭스 형과 에르네스틴느 누나가 동시에 소리를 질렀다.

"아주 대단한 솜씨라니까!"

르픽 부인도 한 마디했다.

"참으로 가엾은 새들이군. 하필 홍당무 손에 걸려 저처럼 처참하게 죽을 게 뭐람."

르픽 씨는 인상을 쓰며 밖으로 나갔다.

"드디어 죽었다!"

자고새를 탁자에 던지며 홍당무가 소리쳤다.

르픽 부인은 죽은 자고새를 이리저리 들추며 살펴보았다. 자고새는 머리가 산산이 부서진 채 피를 흘리고 있었다.

"어떻게 이렇게까지!"

르픽 부인은 혀를 찼다.

"잔인한 놈!"

훼릭스 형이 진저리를 치며 덧붙였다.

"다른 때보다 잘 안 됐어."

홍당무는 죄를 지은 듯 시무룩하게 말했다.

피람므

C'EST LE CHIEN

등불 밑 탁자에 르픽 씨가 에르네스틴느 누나와 함께 앉아 있었다. 르픽 씨는 신문을 읽고 에르네스틴느 누나는 책을 읽었다. 에르네스틴느 누나가 읽고 있는 책은 상품으로 탄 책이었다.

그 옆에서 르픽 부인은 뜨개질을 하고 훼릭스 형은 무릎을 세우고 앉아 난로를 쬐고 있었다. 훼릭스 형 옆에는 홍당무가 무언가 골똘히 생각하며 앉아 있었다.

갑자기 피람므가 으르렁거리기 시작했다. 발닦개를 덮고 자다가 무엇에 놀란 모양이었다.

"쉿, 조용히 해!"

르픽 씨가 손가락을 입술에 대며 소리쳤다. 그러나 피람므는 오히려 더 짖어 댔다.

"조용히 못 해!"

르픽 부인이 나섰다.

그러나 피람므는 요란스레 짖어 댈 뿐이었다. 르픽 씨를 비롯하여 모든 식구들은 놀라서 주위를 살펴보았다. 피람므 외에는 모두 조용했고 다른 사람이 찾아온 것도 아니었다.

르픽 부인은 아랫입술을 깨물었고, 르픽 씨는 피람므를 노려보았다.

"조용히 못 해, 이 개새끼야!"

훼릭스 형이 고래고래 소리를 질러 댔다. 그 소리가 피람므의 소리와 엉켜 갑자기 집 안이 어수선해졌다.

"이 개새끼야, 조용히 하라니까!"

훼릭스 형은 아예 악을 썼다.

결국 르픽 부인은 뜨개질을 멈추고 벌떡 일어났다. 르픽 씨도 신문을 내던지고 일어났다. 두 사람은 피람므를 마구 때리기 시작했고 발로 차기도 했다.

피람므는 그제서야 꼬리를 내리고 슬금슬금 뒷걸음질을 쳤다. 그러면서도 눈치를 살피며 끙끙거렸는데, 르픽 씨네 식구들은 화가 나서 어쩔 줄을 몰라 했다.

이제 르픽 씨네 식구들은 모두 일어나 피람므를 때리고 찼다. 그러나 피람므는 엉금엉금 기면서도 울음을 멈추지 않았다. 바람에 유리창이 흔들리는 듯한 소리였다.

"아악, 저 개새끼 좀 어떻게 해!"

에르네스틴느 누나마저 악을 썼다.

홍당무는 슬그머니 나와 집 주위를 돌아보았다. 어수선한 분위기가 싫고, 또 혹시 몰래 들어온 사람이 없나 싶어서였다. 가끔 지나가던 뜨내기 품팔이꾼이나 건달들이 도둑질을 하려고 집 안으로 뛰어들곤 했기 때문이었다.

홍당무는 어둡고 긴 복도를 걸어 현관 쪽으로 갔다. 가서 두 손으로 힘껏 빗장을 당겼다. 순간, '와지끈' 하는 소리가 났다. 그러나 문은 쉽게 열리지 않았다.

얼마 전까지만 해도 홍당무는 무서움을 참아가며 밖으로 나가곤 했다. 너무 무서우면 발을 구르며 휘파람을 불었다. 그렇게 하면 무서움도 가실 뿐 아니라 아무리 간 큰 도둑이라도 가슴이 서늘하여 도망치리라 생각했던 것이다.

그러나 요즘에는 그렇게 하지 않았다. 대신 꾀를 부렸다.

그런 줄도 모르고 르픽 부인이나 르픽 씨는 홍당무가 여전히 용감하게 경비를 서는 줄 알고 있었다.

홍당무는 문 뒤에 찰싹 붙어 바깥의 동정을 살폈다. 꼬리가 길면 밟히는 법이라고, 언젠가 들통이 나서 혼날 것이라 생각했지만 우선은 편하고 무섭지 않아 써먹는 수법이었다. 그리고 갑자기 딸꾹질이나 재채기가 나오지 않는 한 쉽게 들통나지는 않으리라.

홍당무는 숨을 죽이고 현관문 위의 작은 창을 통해 바깥을 내다보았다. 밤하늘에 별이 서너 개 떠 있었다. 그 맑은 별빛을 보며 홍당무는 몸이 오싹해지는 것을 느꼈다.

얼마간 그렇게 별을 보았다. 그러다 적당히 시간이 지났음을 알고 천천히 돌아섰다. 너무 오래 있어도 의심을 받으니 알아서 시간에 맞춰 들어가야 했다.

홍당무는 다시 한 번 무거운 빗장을 흔들어 댔다. 녹슨 꺾쇠 속에서 빗장이 삐그덕거렸다. 홍당무는 빗장을 홈 깊숙히 밀어 넣었다.

'찌지직' 하고 귀청을 찢는 소리가 복도 끝까지 울려 퍼졌다. 홍당무는 머리카락이 곤두서는 것 같았다.

　'이렇게 요란한 소리를 냈으니 제대로 일한 줄 알겠지.'

　홍당무는 홀가분한 마음으로 들어가며 생각했다.

　그 사이에 피람므는 언제 그랬냐 싶게 조용해져 있었다. 가족들도 모두 태평하게 신문을 보거나 뜨개질을 하거나 책을 읽고 있었다.

　"피람므가 잠꼬대를 했나?"

　누가 묻지도 않았건만 홍당무는 그렇게 말하며 슬그머니 앉았다.

흉 몽

LE CAUCHEMAR

홍당무는 손님이 오는 것이 싫었다. 특히 집에서 묵고 가는 손님이 싫었다. 여러 가지로 불편하고 방까지 빼앗겨야 했기 때문이다.

손님에게 방을 내주고 나면 홍당무는 르픽 부인과 자야 했다. 그런데 곤란한 것은 홍당무가 심하게 코를 곤다는 것이었다.

그러면 르픽 부인은 하루 종일 홍당무의 나쁜 점만 보다가 자면서까지 시달린다는 생각에 화가 났다. 어쩌면 심술을 부리느라고 일부러 코를 고는 지도 모른다고 생각했다.

8월이었지만 방 안은 썰렁했다. 침대 두 개만 덜렁 놓인 탓인지도 몰랐다. 두 개 중 하나는 르픽 씨 것이고 하나는 르픽 부인 것이었다. 홍당무는 르픽 부인의 침대에 가서 누웠다.

잠들기 전, 홍당무는 홑이불을 뒤집어쓰고 잔기침을 몇 번 했다.

무엇인가 목구멍에 붙어 있기 때문에 코를 고는 것인지도 모르지 않는가? 코에 문제가 있어서 그러는지도 모르겠지만.

홍당무는 코가 막혔는지 확인하기 위해 콧구멍으로 조심스레 숨을 쉬어 보았다. 르픽 부인이 눈치채지 않도록 얼굴을 이불에 파묻은 채였다. 목구멍으로도 숨을 쉬어 보았다.

그렇게 몇 번을 되풀이하는 사이에 홍당무는 잠이 들어 버렸다. 잠이 들자마자 홍당무는 신나게 코를 골기 시작했다.

르픽 부인은 당장 홍당무의 엉덩잇살을 꼬집었다. 가장 살이 많은 부분을 엄지와 검지로 움켜잡고 세게 비튼 것이었다. 홍당무가 코를 골 때마다 쓰는 수단이었다.

"아악!"

홍당무는 비명을 지르며 허리를 번쩍 들었다.

"왜 그러니?"

르픽 씨가 홍당무의 비명에 놀라 눈을 번쩍 떴다. 그러자 부인이 얼른 홍당무를 감싸안았다.

"꿈을 꿨나 봐요!"

어둠 속에서도 르픽 부인은 미소를 지으며 얼른 꾸며 댔다. 그리곤 더욱 세게 홍당무를 끌어안았다.

홍당무는 르픽 부인의 품에 안긴 채 꼼짝도 하지 못했다. 부인은 아주 낮은 목소리로 천천히 자장가를 부르기 시작했다. 인도 자장가인 듯싶었다.

홍당무는 이마와 무릎을 벽에 대곤 몸을 잔뜩 웅크렸다. 다시 덮쳐 올지 모르는 르픽 부인의 손톱을 피하기 위해 두 손으로는 엉덩이를 가렸다. 부인은 홍당무가 코를 골면 반드시 공격해 오기 때문이었다.

지저분한 이야기여서 죄송합니다

SAUF VOTRE RESPECT

이런 이야기를 해도 좋을지 모르겠다.

다른 아이들 같으면 벌써 영세 받을 나이였지만 홍당무는 아직 대소변을 가리지 못했다.

어느 날 밤에는 도저히 말할 상황이 아니어서 참고 잔 것이 불찬이었다. 그런 날에는 몸을 비틀고 이를 악물며 참았지만 결국에는 일을 저지르고 마는 것이었다.

또 어느 날 밤에는 밭두렁을 지나가다 커다란 돌덩이 옆에 쪼그리고 앉은 것이 불찰이었다. 밭두렁을 지난 것이나 돌덩이 옆에 쪼그리고 앉은 것이 모두 꿈이었기 때문이었다.

그런 날에는 축축하고 불쾌한 느낌에 눈을 뜨게 된다. 그러면 영락없이 이불은 홀랑 젖어 있고 옆에 있던 돌덩이는 이미 사라진 후였다.

어느 날이었다. 그날도 일을 저지르고 말았는데 이상하게 르픽 부인이 화를 내지 않았다. 오히려 자애롭게 웃으며 뒤처리까지 해 주었다. 그뿐이 아니었다. 다른 집 막내처럼 침대에서 식사까지 할 수 있었다.

그날 르픽 부인은 수프를 쟁반에 받쳐 손수 갖다 주었다. 김이 모락모락 나는 먹음직스러운 수프였다.

그런데 부인은 수프에다 무엇인가를 넣었다. 그리곤 나무 주걱으로 저어서 잘 섞이게 했다.

홍당무의 침대 옆에는 훼릭스 형과 에르네스틴느 누나가 잔뜩 기대에 찬 표정으로 두 사람을 지켜보고 있었다.

르픽 부인은 수프를 떠서 홍당무에게 직접 떠 넣어 주었다. 훼릭스 형과 에르네스틴느 누나는 금방이라도 웃음을 터뜨릴 듯 얼굴 근육을 실룩거렸다. 마치,

"어서 어서요!"

"얼른 먹이세요!"

하는 표정들이었다.

이윽고 르픽 부인은 훼릭스 형과 에르네스틴느 누나에게 눈짓을 했다. 부인 역시,

"자, 봐라!"

하는 것 같았다.

아니나다를까, 르픽 부인은 홍당무의 입을 강제로 벌리곤 수프를 들이부었다. 수프는 홍당무의 목구멍에서 잠깐 '꺽꺽' 소리를 내곤 술술 넘어갔다.

"더러운 놈, 제가 싼 똥을 제가 먹다니!"

접시가 완전히 비워지자 르픽 부인은 구역질을 하며 고개를 저었다.

훼릭스 형과 에르네스틴느 누나는 눈물이 나도록 웃어 댔다. 그러나 홍당무는 심드렁한 표정으로 그대로 앉아 있었다.

"다 알고 있었어."

당황한 것은 오히려 르픽 부인과 훼릭스 형, 그리고 에르네스틴느 누나였다. 잔뜩 기대를 하고 지켜보았는데 홍당무가 너무 아무렇지도 않게 나오자 기가 막힌 것이었다.

그렇게 아무리 대단한 일이라도 예사롭게 대하면 맥이 빠지는 법이었다.

요 강

1

홍당무는 잠자리에 들기 전에 항상 조심했다. 그래도 여름에는 한결 수월했다. 9시쯤 르픽 부인이 자라고 할 때, 밖에 나가 한 바퀴 돌고 오면 되기 때문이었다. 그러면 밤새도록 아무 탈이 없었다.

문제는 겨울이었다. 우선 밖에 나가는 것부터 고역이었다. 해가 지면 닭장을 닫을 때 미리 볼일을 보았지만, 그것으로는 다음 날 아침까지 해결이 되지 않았다.

그래서 저녁 식사 후 9시까지 있다가 두 번째 볼일을 보지만 그렇지 않을 때도 있었다. 그런 날에는 스스로에게 물어 보곤 했다.

"마렵니?"

그러면 대개는 그렇다고 했다. 참으로 신기한 일이었다. 전혀 아무렇지도 않다가 그렇게 물어 보기만 하면 요의(尿意)가 느껴지는 것이었다.

어느 때는 아주 못 견딜 정도로 마려울 때도 있었다. 그런 때는 보통 달빛이 좋아 밖으로 나가는데 큰 지장이 없는 날이었다.

르픽 씨와 훼릭스 형이 시범을 보여 주는 날도 있었다. 그러면 홍당무는 그 옆에서 따라 하기만 하면 되었다.

또 대변이 마렵지 않은 이상에는 집에서 멀리 떨어져 있는 들에까지 나갈 필요도 없다. 그럴 경우에는 집의 계단 밑이나 적당한 곳에서 해결하면 되었다.

이와 같이 때와 경우에 따라 다른데, 그날 밤은 비가 몹시 퍼붓는 날이었다. 빗줄기가 얼마나 센지 마치 유리창을 뚫을 것 같았다. 더구나 바람까지 목장의 호두나무를 마구 흔들어 대고 있었다.

그날 밤에도 홍당무는 스스로에게 물어 보았다.

"괜찮겠지?"

그리고 홍당무는 이렇게 결론을 내렸다.

"오늘은 정말 안 마려워."

식구들에게 밤 인사를 하고 홍당무는 촛불을 들고 일어섰다. 그리곤 복두 맨 구석 오른쪽에 있는 자신의 방으로 들어갔다.

홍당무는 옷을 벗고 침대에 누워 르픽 부인을 기다렸다.

잠시 후, 르픽 부인이 들어와 이부자락을 침대 가장자리에 찔러 넣었다. 그리곤 훅, 입김을 불어 촛불을 껐다.

르픽 부인은 초는 그냥 두었지만 성냥은 가져갔다. 그리곤 문을 닫고 자물쇠로 채웠다. 홍당무가 겁쟁이라는 이유에서였다.

혼자 남게 되자 홍당무는 마음이 아주 편안했다.

어둠 속에서 가만히 누워 있으니 여러 가지 일들이 떠올랐다.

오늘 하루도 무사히 넘겼구나. 몇 번 어려운 일이 있었지만 용케도 빠져 나오고 용케도 야단맞지 않았구나, 내일도 오늘만 같았으면 ⋯⋯.

단 이틀만이라도 르픽 부인이 내 일에 상관하지 않았으면, 홍당무는 마지막으로 그런 생각을 하며 서서히 잠에 빠져 들어갔다.

그러다 갑자기 눈을 떴는데, 도저히 안 될 것 같았다. 아랫배가 묵직한 것이 아무래도 한바탕 쏟아 내야 할 것 같았다.

다른 사람 같으면 당장 일어나 침대 밑에서 요강을 꺼낼 것이다.

그러나 홍당무는 그러지 않았다. 침대 밑에 요강이 없다는 것을 뻔히 알고 있었기 때문이었다. 르픽 부인이 챙겨 주지도 않았을 뿐더러 홍당무 역시 가져오는 것을 잊어버린 것이었다. 잠들기 전에 조심하면 되는데 뭐, 그렇게만 생각하면서.

홍당무는 이러지도 못하고 저러지도 못한 채 침대에 가만히 누워 있었다.

'어차피 실수는 하게 돼 있고, 참으면 참을수록 더 많이 고여. 그렇다면 지금 당장 싸 버리자. 약간만 젖으면 밤새 체온에 다 마를 거고, 그 동안 경험한 바에 의하면 엄마는 그 정도 얼룩은 눈치채지 못하니까.'

홍당무는 비로소 안심을 했다. 그리곤 눈을 감고 푹 잠이 들었다.

2

한참 자다가 홍당무는 다시 벌떡 일어났다. 도저히 안 될 것 같았다.

"이거 야단났네!"

홍당무는 어둠 속에서 혼자 중얼거렸다. 괜찮으리라 생각했던 것이 탈이었다. 저녁에 게으름을 피운 것도 잘못이었다.

문은 채워져 있고, 창문에는 창살이 달려 있다. 따라서 아침에 르픽 부인이 문을 열어 줄 때까지는 도저히 빠져 나갈 방법이 없었다.

홍당무는 침대에 앉아 이리저리 궁리를 해 보았다. 그러다 갑자기 벌떡 일어났다.

홍당무는 창가로 가서 창살을 만져 보았다. 창살은 분명히 있었고, 매우 튼튼하게 박혀 있었다.

이번에는 배를 깔고 엎드려 침대 밑을 더듬어 보았다. 그러나 창살이 갑자기 사라질 리 없는 것처럼, 없던 요강이 갑자기 생길 리 없었다.

홍당무는 침대에 벌렁 누워 버렸다. 그러다 다시 일어나 마루를 꽝꽝 굴러 보기도 하고 두 주먹으로 아랫배를 꾹 눌러 보기도 했다. 잠을 자느니 몸을 움직이는 편이 참기 수월했기 때문이었다.

"엄마, 엄마!"

홍당무는 문득으로 르픽 부인을 불러 보기도 했다. 그러나 아주 조그맣게 불렀다. 막상 부인이 올라오면 아마 시치미를 뚝 떼고, 부인을 놀린 시늉을 하리라. 그래서 혼나는 편이 미리 조심하지 않아서 혼나는 편보다 나을 것이기 때문이었다.

점점 참을 수 없는 고통에 홍당무는 펄쩍펄쩍 뛰었다. 벽에 부딪치고 침대에 부딪치고, 의자에 부딪쳤지만 가만히 있을 수가 없었다.

그러다 난로에 부딪치는 순간, 홍당무는 더 이상 참을 수 없다는 것을 깨달았다. 그리하여 얼른 통풍 판을 열곤 장작을 넣는 틈 사이로 몸을 구겨 넣었다.

파자마를 내리는 순간, 온몸이 심하게 떨려 왔다. 동시에 힘이 다 빠져 나가는 듯한 나른함과 함께 시원함이 느껴졌다.

그 사이에 침실은 더욱 어두워져 갔다.

3

새벽녘에야 잠이 든 홍당무는 늦잠을 자고 말았다.

르픽 부인은 문을 열고 들어오더니 대뜸 이맛살을 찌푸렸다.

"어디서 이런 고약한 냄새가 나지?"

르픽 부인은 목을 길게 뺍곤 여기저기 냄새를 맡기 시작했다.

"안녕히 주무셨어요?"

홍당무가 인사를 해도 받지 않았다.

"어디 보자."

르픽 부인은 홑이불을 젖히며 여기저기를 살폈다. 홍당무는 엉거주춤 뒤로 물러났다.

침대에 아무것도 없자 르픽 부인은 다시 방 안을 구석구석 살피기 시작했다. 홍당무는 겁먹은 표정으로 부인이 하는 모양을 지켜보았다.

이윽고 부인은 홍당무가 간밤에 일을 처리한 곳을 찾아 내었다.

"배가 너무 아팠어요. 그런데 요강이 없잖아요."

홍당무는 얼굴이 시뻘개져서 변명을 했다.

"이런 거짓말쟁이 녀석!"

르픽 부인은 큰소리를 쳤다. 그러더니 얼른 뛰어나가 치마로 보이지 않게 요강을 들고 돌아왔다. 그리곤 그것을 재빨리 침대 밑에 밀어 넣었다.

"이 거짓말쟁이, 오줌 싼 것도 모자라 이젠 거짓말까지 해!"

르픽 부인은 홍당무를 일으켜 세우더니 찰싹 때렸다.

"내가 전생에 무슨 죄를 지었기에 이런 놈을 낳았을까?"

부인은 식구들 앞에서 한탄을 하였다.

르픽 부인은 불이라도 난 듯 당장 양동이에 물을 길어 와 난로에 끼얹었다. 또 창문을 열고 이불을 터는 등 호들갑을 떨었다.

"한심한 놈, 머리가 어떻게 된 거 아냐? 커 갈수록 어쩜 더 말썽이니?"

멀뚱하게 서 있는 홍당무를 향해 욕을 퍼붓기도 하고,

"저 앤 정말 짐승과 다를 바가 없어! 아냐, 요강을 갖다 바치면 짐승이라도 그러진 않을 거야! 그런데 저 앤 난로 속에 들어가 오줌을 싸니, 내가 안 미치고 배겨? 아, 하나님도 무심하시지 어떻게 저런 애를 태어나게 했을까!"

그렇게 악을 쓰기도 했다.

홍당무는 셔츠 바람으로 서서 요강을 뚫어지게 바라보았다.

어젯밤에는 분명히 없었던 요강이었다. 그런데 갑자기 어디에서 나타났을까. 하얗게 빈 요강을 보니 홍당무는 정말 미칠 것 같았다.

저렇게 멀쩡하게 있는 요강을 보고 없었다고 우겨 대면 더 뻔뻔스러운 놈이라고 하겠지.

가족들은 모두 기가 막힌 듯 서 있었다. 놀려대기 좋아하는 이웃 사람들도 몰려와 있었다. 우편 배달부까지 와 있었다. 그들은 홍당무에게 귀찮을 정도로 질문을 퍼부었다.

"난 거짓말쟁이가 아냐."

그리고 홍당무는 요강을 보며 나지막하게 중얼거릴 뿐이었다.

"정말 모르겠어. 다들 어떻게 생각하건."

토 끼

LES LAPINS

"이제부터 너한테 줄 멜론은 없다."

르픽 부인이 말했다.

"넌 원래 날 닮아 멜론을 싫어하지만."

'거짓말쟁이!'

홍당무는 르픽 부인을 보며 속으로 생각했다.

늘 이렇게 르픽 부인은 홍낭무가 좋아하고 싫어하는 것까지 스스로 정했다. 따라서 홍당무는 르픽 부인의 뜻에 따라 좋아한다고 하거나 싫어한다고 해야 했다.

예를 들어 치즈가 나오면,

"홍당무는 치즈를 싫어하지?"

르픽 부인이 그렇게 앞질러 말하면 홍당무는 감히 먹을 생각을 못했다.

'먹으면 안 되는 거구나.'

섣불리 먹었다가는 어떻게 당할지 뻔히 알고 있기 때문이었다. 굳이 식탁에서 먹지 않아도 맛볼 기회는 얼마든지 있었다. 디저트가 나오면 르픽 부인은 홍당무에게 말했다.

"이 멜론 찌꺼기는 토끼한테 갖다 줘라."

그러면 홍당무는 조심스레 걸어서 토끼장으로 갔다. 멜론 찌꺼기를 떨어뜨리지 않게 하기 위해서였다.

토끼장에 들어서면 토끼들은 장난꾸러기들처럼 귀를 늘어뜨리고 콧잔등을 위로 쳐든 채 홍당무를 둘러쌌다.

"잠깐만 기다려, 사이좋게 나눠 줄 테니."

홍당무는 바닥에 주저앉으며 말했다.

토끼장 바닥에는 토끼 똥이며 뿌리까지 갉아먹은 스느송 풀이며 양배추 속, 접시꽃 잎사귀 등이 범벅이 되어 있었다. 그렇지만 홍당무는 아랑곳하지 않았다.

바닥에 앉은 홍당무는 우선 멜론 껍질에서 씨를 털었다. 그리곤 국물을 쭉쭉 빨아먹었다. 포도즙 못지 않게 달았다.

그런 다음에는 껍질에 남은 살을 베어먹었다. 껍질이 아주 딱딱하거나 거칠지 않으면 껍질까지 베어먹기도 했다. 나머지는 토끼들에게 주었다.

토끼장 문은 단단히 닫아 놓은 상태였다.

더구나 모두 낮잠 잘 시간에도 문틈으로 들어오는 햇빛 외에는 그늘로 덮여 있어 토끼장은 항상 시원했다.

곡괭이

LA PIOCHE

홍당무는 훼릭스 형과 나란히 서서 일을 했다. 밭을 매는 것이었다.

훼릭스 형의 곡괭이는 대장간에 특별히 주문하여 만든, 쇠로 된 것이었다. 그러나 홍당무의 것은 나무로 된 것이었다.

두 사람은 경쟁이라도 하듯 열심히 밭을 맸다. 그러다 정말 생각하지도 못한 사고가 생기고 말았다. 홍당무가 곡괭이로 이마 한가운데를 얻어맞은 것이었다.

그런데도 정작 침대로 옮겨간 것은 훼릭스 형이었다. 홍당무가 피를 흘리는 것을 보고 기절했기 때문이었다.

온 식구가 훼릭스 형 침대에 몰려들어 걱정스러운 듯 보았다.

"정신이 들게 하는 약이 어딨지?"

"찬물을 좀 줘 봐요, 머리를 식히게."

식구들이 수선을 떠는 동안 홍당무는 의자 위에 올라서서 우두커니 훼릭스 형을 지켜보았다. 이마에 감은 헝겊은 이미 피로 벌겋게 물들어 있었다.

"아프겠구나"

르픽 씨가 말했다.

"아주 푹 파였어요. 버터에 구멍을 뚫어 놓은 것처럼요."

붕대를 감아 준 에르네스틴느 누나가 설명했다.

그러나 홍당무는 울지 않았다. 르픽 부인을 비롯한 모든 식구가 울어 보았자 별수없다고 말했기 때문이었다.

잠시 후 훼릭스 형이 한쪽 눈을 떴다. 그리곤 곧 다른 쪽 눈도 떴다. 훼릭스 형은 잠깐 놀랐을 뿐 아무 일도 없었다. 얼굴 색도 차츰 정상으로 돌아왔다. 비로소 르픽 부인은 안도의 한숨을 내쉬었다.

"항상 네가 말썽이라니까!"

르픽 부인은 홍당무를 흘겨보며 말했다.

"바보같이 조심하지 않고!"

엽 총

"총은 한 자루만 있어도 되겠지? 원래 사이좋은 형제는 뭐든 나눠 쓰는 법이란다."

사냥 도구를 챙겨 주며 르픽 씨가 말했다.

"그렇게 하세요."

훼릭스 형이 선뜻 대답을 하고 나섰다.

"번갈아 쓰면 편리한 점도 있을 거예요."

너그럽게 말하는 훼릭스 형을 르픽 씨가 기특하다는 듯 쳐다보았다. 그러나 홍당무는 훼릭스 형의 말을 믿지 않았다.

르픽 씨는 푸른 자루에서 엽총을 꺼내들고 물었다.

"누가 먼저 쓸거니? 당연히 형이 먼저 써야겠지?"

훼릭스 형   홍당무 먼저 주세요. 제가 양보하죠. 네가 먼저 써라!
르픽 씨   훼릭스가 오늘은 아주 기특하구나.

르픽 씨는 홍당무의 어깨에 엽총을 걸쳐 주었다.

르픽 씨   자, 그럼 싸우지 말고 다녀오너라.
홍당무   피람므를 데려갈까요?
르픽 씨   그럴 필요 없다. 너희들이 번갈아 가면서 개가 되면 돼. 원래 훌륭한 사냥꾼은 사냥감에 상처를 입히지 않는 법이란다. 단 한 발에 쏘아 죽이지.

홍당무는 훼릭스 형과 함께 사냥을 나섰다. 옷차림은 평소대로 간단하게 입었지만 장화는 신지 않았다.
르픽 씨는 진정한 사냥꾼은 겉모양에 신경을 쓰지 않는다고 했다. 바짓가랑이가 질질 끌려도 절대 걷어올리지 않으며, 그런 상태에서 진흙탕 속이나 밭에도 들어간다고 했다. 그렇게 하면 진흙 장화가 저절로 생긴다는 것이었다. 그것도 무릎까지 오는 단단한 것으로.
그러나 그 장화를 다루는데 하녀들은 특별히 신경을 써야 했다.
"설마 빈손으로 돌아가진 않겠지?"
앞장서 가며 훼릭스 형이 물었다.
"그럼!"
홍당무가 자신 있게 대답했다.
홍당무는 어깨에 매달린 총이 자꾸 움직였기 때문에 걷는데 몹시 불편했다. 그래서 여러 번 멈춰 서서 총을 끌어올리곤 했다.

"잘 잡아."

훼릭스 형이 흘끗 보며 말했다.

"갖고 싶으면 얼마든지 가져, 다 양보할 테니."

"역시 형이야!"

홍당무는 기분이 좋아 입술을 귀밑까지 찢으며 활짝 웃었다.

그때 한 떼의 새가 공중으로 날아오르는 것이 보였다. 홍당무는 얼른 멈춰 섰다. 그리곤 훼릭스 형에게도 꼼짝 말고 있으라고 손짓을 했다. 새 떼는 이 숲에서 저 숲으로 날아갔다.

홍당무와 훼릭스 형은 몸을 굽히고 새 떼 가까이 다가갔다. 그러나 새 떼는 어느 새 눈치를 채고 한 순간에 하늘로 날아올랐다. 그리곤 다른 곳으로 가서 앉았다. 홍당무와 훼릭스 형은 몸을 일으켰다.

"빌어먹을!"

훼릭스 형이 새 떼를 향해 욕을 퍼부었다.

홍당무는 새 떼를 놓친 것이 다행스러웠다. 만약 새 떼가 도망가지 않았다면 총을 쏘아야 하지 않았겠는가. 그때 한 마리도 맞히지 못했다면 어떠했을까!

잠시 후 홍당무와 훼릭스 형은 다시 새 떼를 발견하였다. 홍당무는 얼른 총을 겨누었다.

훼릭스 형   쉬꿱! 너무 멀이!
홍당무   그래?
훼릭스 형   우리가 몸을 숙이고 있기 때문에 가까워 보이는 거야. 바로 옆인 거 같은데 막상 총을 쏘면 미치지 못할 때가 있거든.

훼릭스 형은 자신의 말을 증명하기 위해 갑자기 얼굴을 들었다. 그 순간 새들이 놀라 하늘 높이 날아올랐다.

그런데 가만히 살펴보니 가지 끝에 한 마리가 날아가지 않고 남아 있었다. 마치 그네라도 타듯 배를 드러낸 채 머리와 꼬리를 흔들고 있었다.

홍당무 저 놈은 잡을 수 있을 것 같아!
훼릭스 형 비켜 봐, 저 놈은 내가 잡을 거야. 총, 이리 줘.

훼릭스 형은 총을 빼앗더니 새를 향해 겨누었다. 졸지에 총을 빼앗긴 홍당무는 멀뚱하게 서 있었다.

훼릭스 형은 총을 어깨에 대는 순간 그대로 '탕' 쏘았다. 새는 보기 좋게 떨어져 내렸다. 모든 것이 순식간에 일어난 일이었다.

총은 다시 홍당무에게 주어졌다. 홍당무는 손에 놓인 총을 보았다.
"꾸물거리지 말고 얼른 가자!"
훼릭스 형이 사냥개처럼 앞으로 나서며 소리쳤다.

홍당무 천천히 가.
훼릭스 형 너 화났니?
홍당무 형 같으면 화 안 나겠어?
훼릭스 형 그럼 놓칠 것 같은데 어떡하냐?
홍당무 하지만 난…….
훼릭스 형 누가 잡았으면 어때. 오늘은 내가 잡았으니 내일은 네가 잡아.
홍당무 또 내일?

훼릭스 형 이번엔 정말 약속할게.

홍당무 지난번에도 그랬으면서.

훼릭스 형 하나님께 맹세할게. 그럼 됐지?

홍당무 좋아, 이제 다른 새들을 찾아보자. 이번에는 내가 쏠게.

훼릭스 형 안 돼, 오늘은 너무 늦었어. 얼른 가서 엄마한테 이 놈을
구워 달래자. 자, 네 주머니에 넣어 가, 이 심술꾸러기야. 주둥이는
밖으로 내놓아야지.

홍당무는 훼릭스 형과 함께 발길을 재촉하였다. 가다가 농부를 만
나면 어깨를 으쓱하였다.

"너희들 설마 아버지를 쏜 건 아니겠지?"

농부들이 농담을 하면 홍당무는 보란 듯이 주머니 밖으로 늘어져
나온 새의 머리를 손으로 들썩거렸다.

그러는 사이에 홍당무는 기분이 좋아져 조금 전의 일은 까맣게 잊
어버렸다. 그리하여 두 사람은 사이좋게 집에 들어서게 되었다.

"아니, 홍당무야, 아직도 네가 총을 메고 있니? 그럼 총은 너만 쏜
거야?"

르픽 씨가 놀라 물었다.

"네, 그게……."

홍당무는 우물쭈물 얼버무리며 말끝을 흐렸다.

두더지

LA TAUPE

　어느 날 홍당무는 길바닥에서 두더지를 발견하였다. 굴뚝 청소부처럼 새까만 두더지였다.
　홍당무는 두더지를 가지고 놀다가 죽이기로 하였다. 그래서 몇 번이나 공중으로 붕, 날렸다가 떨어뜨렸다. 될 수 있는 한 돌멩이에 떨어지도록 하였다.
　두더지는 곧 다리가 부러지고 머리와 등이 터졌다. 금방이라도 죽을 것 같았다. 그러나 숨은 쉽게 끊어지지 않았다.
　두더지의 생명력에 홍당무는 깜짝 놀랐다. 지붕까지 높게 던져도, 나뭇가지까지 높게 던져도 도무지 죽지 않는 것이었다.

"정말 굉장한데!"

홍당무는 피로 얼룩진 채 파르르 떨고 있는 두더지를 보며 중얼거렸다. 떨고 있다는 것은 분명히 살아 있다는 증거였다.

"이건 정말 대단한 일이야!"

홍당무는 두더지를 집어 들었다.

"이래도 안 죽을래!"

얼굴이 시뻘개지고 눈물을 글썽인 채 홍당무는 두더지에게 침을 뱉었다.

홍당무는 옆에 있는 돌멩이에 두더지를 힘껏 내리쳤다. 그런데도 두더지는 계속 죽지 않았다.

홍당무는 약이 올라 계속해서 내리쳤다. 그럴수록 두더지는 죽지 않으려고 더욱 기를 쓰는 것 같았다.

말먹이 풀

LA LUZERNE

　홍당무와 훼릭스 형은 저녁 예배를 끝내고 집으로 돌아오고 있었다. 4시 간식 시간에 맞추려면 부지런히 걸어야 했다.
　간식으로는 보통 버터와 잼을 바른 빵이 주어졌다. 그러나 홍당무에게는 아무것도 바르지 않은 빵이 주어졌다. 왜냐하면 홍당무가 너무 일찍 어른 흉내를 내려고 했기 때문이었다.
　언제인가 홍당무는 식구들 앞에서 자신은 자연 그대로의 것이 좋다고 으스댔다. 그날부터 홍당무는 아무것도 바르지 않은 빵을 먹었다.
　홍당무는 훼릭스 형보다 앞장서서 걸었다. 먼저 간식을 먹기 위해서였다.

아무것도 바르지 않은 빵은 대체로 딱딱했다. 그래서 홍당무는 마치 적을 공격하듯 빵을 물어뜯었다. 양손으로 빵을 우악스럽게 움켜쥐고는 마구 뜯어먹는 것이었다.

박치기를 해서 잘게 부수어 먹을 때도 있었다. 그럴 때면 빵가루가 사방에 흩어졌는데, 그것을 식구들은 신기한 듯 보았다.

아무튼 홍당무는 타조처럼 위장이 튼튼하여 돌이건 녹슨 동전이건 일단 목구멍으로 넘기기만 하면 소화를 시켰다.

집에 도착하여 홍당무는 얼른 문을 밀었다. 그러나 문은 굳건히 잠겨 있었다.

"아무도 없나 봐. 발로 차 봐."

홍당무가 훼릭스 형을 보며 말했다.

"제기랄!"

훼릭스 형은 욕을 하며 못이 잔뜩 붙어 있는 육중한 문에 몸을 부딪쳤다. 그러나 '퍽' 하며 둔탁한 소리만 울릴 뿐 문은 열리지 않았다. 둘이서 힘을 합하여 어깨로 밀어 보아도 마찬가지였다.

홍당무   분명히 없는 거지?
훼릭스 형   도대체 다들 어디 가신 걸까?
홍당무   글쎄, 아무튼 앉자.

홍당무는 훼릭스 형과 함께 계단에 주저앉았다. 싸늘한 기운이 엉덩이를 타고 뼛속 깊이 전해졌다.

홍당무는 길게 하품을 하곤 주먹으로 가슴을 두들겼다. 허기가 져서 도저히 가만히 있을 수가 없었다.

훼릭스 형 이런 상황에서 내가 얌전하게 있으리라 생각하면 오산이
지.

홍당무 하지만 방법이 없잖아.

훼릭스 형 그렇다고 마냥 기다릴 수도 없잖아. 난 굶어 죽고 싶지
않거든. 뭐든 먹고 싶어, 풀이라도.

홍당무 풀이라도? 그거 좋은 생각인데! 그러니까 엄마와 아빠를 골
탕 먹이자는 거지?

훼릭스 형 맞아! 누구든 샐러드를 먹잖아. 그래서 얘긴데, 말먹이 풀
도 샐러드처럼 연하거든. 기름도 초도 안 친 샐러드지만 말야.

홍당무 샐러드처럼 뒤적거리지 않아도 되고.

훼릭스 형 우리 내기할래? 난 먹을 수 있지만 넌 못 먹을걸.

홍당무 형이 먹는데 내가 왜 못 먹어?

훼릭스 형 그럼 너 정말 내기 할래?

홍당무 그보다 옆집에 가서 빵이랑 요구르트 좀 얻어 올까?

훼릭스 형 난 말먹이 풀 먹을래.

홍당무 그럼 할 수 없지 뭐, 가자.

이윽고 홍당무는 형과 함께 말먹이 풀밭으로 갔다. 먹음직스러운
풀이 파란빛으로 눈앞에 펼쳐져 있었다.

풀밭으로 들어간 홍당무와 훼릭스 형은 신을 질질 끌어가며 앞으
로 나아갔다. 부드러운 줄기가 두 사람 발길에 으깨지며 그 뒤로 좁
은 길이 생겨났다. 나중에라도 그 길을 본 사람이 있다면 아마 이렇
게 말할 것이다.

"도대체 어떤 짐승의 발자국일까?"

길을 만들며 나가는 동안에 냉기가 스며들어 종아리가 조금씩 시

려 왔다. 홍당무와 훼릭스 형은 풀밭 한가운데 납작 엎드렸다.

"기분 좋은데!"

훼릭스 형이 말했다.

풀잎이 홍당무와 훼릭스 형의 얼굴을 간지럽혔다. 두 사람은 도리질을 하며 웃어 댔다. 마치 더 어렸을 적에 한 침대에서 자며 그랬던 것처럼.

그때 옆방에서 자던 르픽 씨는 곧잘 소리를 쳐 조용히 시키곤 했다.

"그만들 자거라!"

홍당무와 훼릭스 형은 배고픈 것도 잊고 뱃사람과 개 흉내를 냈다. 또 개구리 흉내를 내기도 했다. 우거진 풀잎 사이로 두 사람의 머리가 비죽 나와 보였다.

홍당무와 훼릭스 형은 푸른 물결을 손으로 헤치고 발로 눌러 차기도 했다. 그때마다 물결은 흩어져서 다시는 일어나지 않았다.

"한꺼번에 여기까지 왔다!"

훼릭스 형이 말했다.

"난 여기까지 왔는데!"

홍당무도 신이 나서 소리쳤다.

홍당무는 매우 기분이 좋았다. 얼마나 즐거운지 잠깐잠깐 쉬며 즐거움을 음미할 정도였다.

그때 두더지기 피 놓은 봉긋한 길이 홍당무와 훼릭스 형의 눈에 띄었다. 두더지 길은 좁은 모양으로 이리저리 휘어진 채 뻗어 있었는데, 마치 늙은이의 팔뚝에 솟아 있는 힘줄처럼 보였다. 그것은 없어졌는가 싶으면 어느 곳에선가 다시 불쑥 나와 있었다.

두더지 길은 온갖 풀들과 새삼덩굴이 불그스름한 수염처럼 줄기를 뻗고 있었다. 그 중 새삼덩굴은 나무의 영양분을 빼앗아 먹는 기생풀로서 다 자란 말먹이 풀마저 말려 놓곤 했다. 두더지 집은 그곳에 인도 식으로 세워진 움막으로 마을을 이루고 있었다.

"이게 다가 아냐."

훼릭스 형이 말했다.

"얼른 먹자. 내건 건드리면 안 돼."

훼릭스 형은 팔을 안으로 꺾어 활 모양을 만들었다.

"난 조금만 먹어도 돼."

홍당무가 대답했다. 동시에 두 사람의 머리는 풀숲으로 깊이 파묻혔다. 바람이 부드럽게 불어 오자 말먹이 잎새의 하얀 뒷면이 드러났다.

훼릭스 형은 말먹이 풀을 한아름 뽑아서 머리에 뒤집어썼다. 그리고는 입에 쑤셔 넣는 체하며 송아지가 풀을 뜯을 때 내는 소리를 내었다.

송아지는 말먹이 풀을 너무 많이 먹어 곧잘 배불뚝이가 되는데, 훼릭스 형은 그것을 흉내내며 풀의 뿌리까지 몽땅 먹는 시늉을 하는 것이었다.

홍당무는 훼릭스 형이 정말로 풀뿌리를 먹는 줄 알았다. 그래서 자신도 흉내만 내지 않고 깨끗한 잎새만 골라 먹었다.

홍당무는 코끝에서 잎새를 굽혀 천천히 씹었다.

'서두를 필요가 없지.'

사실 시간제로 식탁을 빌린 것도 아닌데 서두를 것이 전혀 없었다.

사각사각, 말먹이 풀은 씹을수록 혓바닥이 아리고 속은 뒤집어질 것 같았지만 홍당무는 참고 삼켰다. 마치 진수성찬이라도 되는 것처럼. 맛만 좀 좋지 않았지 나머지 조건은 썩 괜찮지 않은가.

술 잔

   2, 3일간 홍당무가 포도주를 마시지 않자 식구들은 모두 놀랐다. 사연인즉 이랬다.

   어느 날 아침, 홍당무는 르픽 부인이 포도주를 따라 주려고 하자 손을 내밀어 막았다.

   "필요 없어요, 목마르지 않아요."

   저녁때도 마찬가지였다.

   "필요 없어요, 목마르지 않아요."

   "얘가 아주 알뜰해졌네."

   르픽 부인은 빈정거리듯 말했다.

   "홍당무 덕분에 다른 사람이 더 많이 먹게 됐구나."

첫날 홍당무는 그렇게 포도주를 한 모금도 마시지 않고 지냈다. 날씨가 포근해서 목이 마르지 않았기 때문이었다.

이튿날 르픽 부인은 식사 준비를 하며 다시 물었다.

"오늘도 안 마실 거니?"

"글쎄, 잘 모르겠어요."

홍당무는 고개를 갸우뚱했다.

"네 맘대로 해라."

르픽 부인이 말했다.

"마시고 싶으면 찬장에서 잔을 가지고 오너라."

다른 사람들에게 포도주를 따라 주며 르픽 부인이 말했다.

그러나 홍당무는 잔을 가지러 가지 않았다. 마시고 싶지 않아서였는지, 잊어버렸는지, 아니면 쑥스러워서였는지 모를 일이었다.

"대단한데!"

르픽 부인이 놀란 표정으로 홍당무를 다시 한 번 보았다.

"아주 신통하구나! 네게 그런 절제력이 있다니, 어린애로서 흔치 않은 일이야."

르픽 씨도 한 마디했다.

"그 정도 절제력이라면 훗날 네 인생에 큰 도움이 될 거다. 낙타도 없이 혼자서 사막을 헤매게 되더라도 결코 잘못되는 일은 없을 거란 말이다."

훼릭스 형과 에르네스틴느 누나는 내기를 했다.

에르네스틴느 누나   일 주일 정도는 버티겠지?

훼릭스 형   사흘만 견뎌도 제법이지.

"아냐, 목마르지 않으면 난 언제까지나 안 마실 거야."

홍당무가 멋쩍게 웃으며 말했다.

"토끼나 모르모트를 봐, 포도주 안 마셔도 멀쩡하잖아."

"넌 모르모트가 아냐."

훼릭스 형이 말했다.

홍당무는 본때를 보여 주고 싶었다. 그리하여 르픽 부인은 이후로도 홍당무의 잔을 내놓지 않았고, 홍당무 역시 잔을 달라고 하지 않았다. 식구들이 비꼬아도, 진심에서 우러나 칭찬을 해도 그저 무심하게 넘길 따름이었다.

"혹시 병난 건 아니니?"

이웃들은 그렇게 말하기도 하였다.

"틀림없이 몰래 마실 거야."

또 이렇게 말하기도 하였다.

그러나 아무리 신기한 것이라도 시간이 가면 으레 그러려니 하는 것이 사람의 심리였다. 따라서 며칠 후 홍당무는 목이 마르지 않다는 것을 증명하기 위해 혀를 내밀지 않아도 되었다.

이제 르픽 씨나 르픽 부인은 물론 이웃들도 홍당무가 포도주를 마시지 않는 것을 당연하게 받아들였다. 어쩌다 모르는 사람들이 듣곤 깜짝 놀라 팔을 내저을 뿐이었다.

"에이, 그럴 수가 있나! 어떻게 마시고 싶은 욕구를 참을 수 있겠어. 그것도 어린애가!"

걱정이 된 르픽 씨가 의사에게 상담을 하니, 극히 드문 일이나 세상에는 수많은 불가사의한 일이 일어나는 만큼 얼마든지 있을 수 있는 일이라고 했다.

그런데 가장 놀란 사람은 다름 아닌 홍당무 자신이었다.

홍당무가 포도주를 마시지 않은 이유는 훼릭스 형과 에르네스틴느 누나에게 본때를 보여 주기 위해서였다. 그러나 솔직히 은근히 걱정이 되었다. 못 견디게 마시고 싶으면 어쩌나 싶었던 것이다.

그런데 막상 시작하고 보니 그런 대로 참을 만했다. 또 스스로도 쓰라린 고통을 느껴 보고자 시도했는데 그렇게 괴롭지도 않고 아무렇지도 않은 것이었다.

몸은 오히려 더 좋아진 느낌이었다. 해서 목마른 것뿐 아니라 배고픈 것도 견뎌 보고 싶었지만 그것은 도저히 안 될 것 같았다. 공기만 마시고는 살아갈 수 없기 때문이었다.

이제 홍당무는 포도주를 까마득히 잊어버렸다. 따라서 홍당무의 포도주 잔은 필요 없게 되었다. 그래서 하녀 오노리느는 그곳에 촛대를 닦는 붉은 가루약을 담아 두고 쓰기 시작했다.

빵 조각

LA MIE DE PAIN

르픽 씨는 기분이 좋을 때면 항상 아이들과 함께 놀아 주었다. 특히 뜰 안의 좁은 길을 걸으며 여러 가지 이야기를 해 주면 훼릭스 형과 홍당무는 땅바닥을 구르며 즐거워했다. 르픽 씨의 이야기가 너무나 재미있고 우스웠기 때문이었다.

그날 아침에도 훼릭스 형과 홍당무는 땅바닥에서 데굴데굴 굴렀다. 에르네스틴느 누나가 와서 점심 식사 준비가 다 되었다고 하지 않았으면 언제까지나 구르고 있었을 것이었다. 그런데 이상하게도 가족이 모두 모이면 다들 찌푸린 얼굴이 되었다.

여느 때처럼 홍당무 가족은 숨도 쉬지 않고 급하게 식사를 했다. 그러면서도 빵 조각 하나 흘리지 않았다. 만일 그곳이 식당이라면 그대로 다른 손님에게 자리를 물려주어도 손색이 없을 정도였다.

"빵 좀 집어 줘요. 잼을 다 먹어 치워야겠어요."

갑자기 르픽 부인이 정적을 깨고 말을 했다. 부인의 태도에 르픽 씨는 물론 훼릭스 형과 에르네스틴느 누나, 홍당무는 깜짝 놀랐다.

대개의 경우 르픽 부인은 다른 사람에게 부탁하지 않고 먹고 싶은 것이 있으면 손수 갖다 먹었다.

르픽 부인이 말을 거는 상대도 오직 피람므뿐이었다. 르픽 부인은 피람므에게 야채 값 오른 것을 말하기도 하고, 쥐꼬리만한 수입으로 여섯 식구와 개가 먹고살자니 얼마나 힘든지 아냐고 묻기도 했다.

"그렇겠지"

르픽 부인은 피람므에게 말하곤 했다.

"이 집 살림살이를 꾸려 가려면 얼마나 힘든지 네가 어떻게 알겠니. 너도 남자들처럼 이 많은 재료들이 다 거저 생기는 줄 알겠지. 버터 값이 오르건 계란 값이 오르건 그런 거엔 아예 관심도 없겠지"

그러면 부인이 뭐라고 하건 피람므는 코를 실룩거리거나 꼬리로 발닦는 매트를 치거나 했다.

그런데 그날은 르픽 부인이 르픽 씨에게 직접 말을 건 것이었다. 게다가 다른 사람도 있건만 르픽 씨에게 잼을 먹게 빵을 달라고 했으니, 놀라지 않을 수 없었다.

훼릭스 형과 에르네스틴느 누나, 홍당무는 믿어지지 않는 표정으로 르픽 부인을 처다보았다. 그러나 부인은 분명히 르픽 씨에게 손을 내밀고 있었다.

르픽 씨는 놀라면서 순간 망설였다. 전에 없던 부인의 태도에 당황한 것이었다. 그러나 르픽 씨는 곧 옆에 있는 바구니에서 빵을 들어 르픽 부인에게 던졌다. 손가락 끝으로 집어 아주 기분 나쁘다는 표정으로.

장난이었는지 싸움을 거는 것이었는지, 아무튼 르픽 부인은 물론 에르네스틴느 누나까지 모욕당한 느낌이었다.

'아빠 오늘 아주 기분이 좋은데…….'

훼릭스 형은 속으로 생각하며 의자를 삐걱거렸다.

홍당무는 혀가 굳어져 아무 말도 하지 못했다. 입술에 음식 찌꺼기가 덕지덕지 붙은 줄로 몰랐다. 그저 윙윙거리는 귀울림에 꼼짝 못하고 있을 뿐이었다. 구운 사과를 하나 문 채.

그때 르픽 부인이 벌떡 일어나지 않았더라면 홍당무는 긴장한 나머지 필시 방귀라도 뀌었을 것이다.

그날 그렇게 르픽 부인은 아들과 딸 앞에서 쓰레기 취급을 받았다.

나 팔

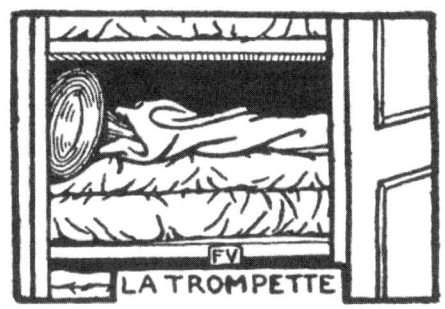

르픽 씨가 파리에서 막 돌아왔다.

르픽 씨는 먼저 큰 트렁크를 열어 선물을 꺼냈다. 훼릭스 형과 에르네스틴느 누나에게 줄 선물이었다. 그런데 신통하게도 선물은 두 사람이 꿈꾸었던 것들이었다.

르픽 씨는 등뒤로 손을 감추고 홍당무 쪽을 보았다.

"이번엔 네 거다. 뭐 같니? 나팔 같니, 권총 같니?"

홍당무는 나이에 비해 조심스러운 편이었다. 따라서 권총보다는 나팔을 좋아했다. 나팔은 폭발하지 않기 때문이었다.

그러나 홍당무 또래의 다른 아이들은 총이라든가 허리에 차는 긴 칼이라든가 전쟁놀이 장난감이 아니면 노는 기분이 안 난다고 했다.

그 나이에는 닥치는 대로 두드리고 부수고 싶은 욕망이 있기 때문이었다. 그러한 사실을 르픽 씨는 잘 알고 있었다. 따라서 그는 아이들의 기호를 고려하여 선물을 사 왔다.

"전 권총이 좋아요."

홍당무가 또렷하게 말했다. 르픽 씨의 기분을 상하지 않게 하려는 것이었다. 그리고는 조금 들뜬 말투로 이렇게 말하기까지 했다.

"숨겨도 소용 없어요, 벌써 보이는걸요!"

"아, 그래?"

르픽 씨가 당황하며 말했다.

"너도 이제 권총이 좋니?"

"아니, 그렇진 않아요. 그냥 농담해 본 거예요. 걱정하지 마세요. 전 권총 같은 건 싫어요. 자, 빨리 나팔을 주세요. 전 나팔 부는 걸 아주 좋아해요."

르픽 부인   왜 쓸데없이 거짓말은 하니? 아버질 골탕먹이려고 그런 거니? 나팔이 좋으면서 권총이 좋다고 하다니, 게다가 아무것도 안 보이면서 권총이 보인다고 거짓말까지 해? 거짓말을 한 벌로 아무 것도 못 주겠다. 자, 이 나팔 좀 봐. 빨간 술이 세 개나 달려 있고 금빛 술도 있는 거지. 다 봤으면 이제 저리 가. 가서 손가락으로 휘파람이나 불든지.

그렇게 해서 빨간 술 세 개와 금빛 술 하나가 달린 나팔은 벽장 꼭대기 서랍 속에 처박혔다. 서랍 속에는 나팔 외에도 하얀 속옷이 잘 개켜져 있었다. 따라서 나팔은 홍당무의 손에 닿지도 않고 눈에 보이지도 않았다.

머리카락

LA MÈCHE

일요일이 되면 르픽 부인은 아이들에게 성당 미사에 참석하도록 했다.

홍당무와 훼릭스 형을 깨끗한 옷으로 갈아 입히는 일은 에르네스틴느 누나가 했다. 따라서 에르네스틴느 누나는 홍당무나 훼릭스 형에 비해 준비하는 데 훨씬 많은 시간이 걸렸다.

에르네스틴느 누나는 훼릭스 형과 홍당무의 넥타이도 매주고 손톱도 깎아 주고 성경책도 챙겨 주었다. 그런데 항상 무거운 성경책은 홍당무가 갖고 가게 했다.

에르네스틴느 누나가 가장 신경 써서 챙기는 일은 훼릭스 형과 홍당무 머리에 포마드를 바르는 일이었다. 그런데 홍당무는 얌전하게 머리를 맡겼지만 훼릭스 형은 그렇지 않았다.

"나, 화낼 거다."

훼릭스 형은 번번이 그렇게 으름장을 놓았다.

"오늘도 깜박 잊었어. 하지만 일부러 그런 건 절대 아냐. 다음 일요일엔 정말 잊지 않을 테니 이번만 이해해 줘. 이미 발랐는 걸 어쩌겠어."

에르네스틴느 누나는 그렇게 변명했다. 그러면서 슬쩍 문질러 버리는 것이었다.

"어디 두고보자!"

그럴 때마다 훼릭스 형은 화가 나서 그렇게 말했다.

그런데 그날 아침에도 에르네스틴느 누나는 또 잊어버렸다. 훼릭스 형이 목욕한 뒤 물기를 닦느라 고개를 숙인 사이에 기름을 슬쩍 발라 버린 것이었다.

"자."

에르네스틴느가 시치미를 떼고 뒤로 물러섰다.

"난로 위를 봐. 분명히 포마드 뚜껑이 닫혀 있지? 그러니까 오늘은 분명히 안 바른 거다. 하긴 오빠 머린 곱슬거려서 안 발라도 돼. 홍당무 머린 시멘트 같아서 포마드를 꼭 발라야 하지만 오빠 머린 꼭 양배추 같아서 말을 잘 듣거든. 가르마도 저녁때까지 그대로 있을 거야."

"고마워."

훼릭스 형은 아무것도 모르는 채 고마워했다. 여느 때처럼 머리를 만져 보지도 않았다.

에르네스틴느 누나는 모르는 척하곤 훼릭스 형의 옷차림을 챙겨 주었다. 그리곤 흰 비단 장갑까지 끼워 주었다.

"이제 다 됐지?"

훼릭스 형이 물었다.

"응, 아주 멋져. 왕자님 같애."

에르네스틴느 누나는 여전히 시치미를 떼고 말했다.

"그럼 이제 모자만 쓰면 되는 거야? 장롱 안에 있나?"

훼릭스 형은 아무것도 모르는 양 장롱 쪽으로 갔다. 그런데 훼릭스 형은 장롱 앞을 지나치더니 찬장 쪽으로 가는 것이었다. 찬장 앞에 서더니 찬장 문을 열어 주전자를 꺼냈다. 그리곤 천연덕스럽게 머리에 물을 부었다.

"바보 취급은 그만 두라고 했지! 내가 네까짓 계집애한테 속아 넘어갈 줄 알아! 이래도 정신 못 차렸으면 또 발라 봐! 포마드 병을 아예 강물 속에 처넣고 말 테니!"

머리는 다 흩어지고, 나들이옷에서는 물이 뚝뚝 흘러내리고 있었다. 이제 옷을 말리거나 갈아 입을 수밖에 없었다.

"쳇, 저게 무슨 꼴이야!"

홍당무는 혼잣소리로 중얼거렸다. 그러면서도 한편으로는 훼릭스 형에게 감탄하지 않을 수 없었다.

'과연 형은 무서운 게 없어. 내가 저런 짓을 했다간 당장 벼락이 떨어지겠지? 난 그냥 누나가 포마드를 바르건 말건 가만히 있어야지.'

홍당무는 아예 일찌감치 단념하고 에르네스틴느 누나에게 머리를 맡겼다. 그런데 머리카락은 홍당무 마음과 다른 모양이었다. 처음에는 얌전하게 있던 머리카락이 시간이 지남에 따라 끈끈한 기름기를 밀어젖히며 하나둘씩 일어나기 시작한 것이었다.

그러다 얼마 못 가 여기저기 빤질빤질한 골이 파지더니 급기야는 다발 전체가 벌떡 일어섰다. 그것도 아주 꼿꼿하게.

수 영

4시가 되자 홍당무는 안절부절못했다.

르픽 씨와 훼릭스 형은 개암나무 밑에서 자고 있었다. 홍당무는 얼른 그들을 깨웠다.

"갈 시간이에요."

홍당무가 조심스레 르픽 씨를 흔들며 말했다.

훼릭스 형   내 수영복 좀 갖고 와.
르픽 씨   아직 더워서 힘들 텐데.
훼릭스 형   나는 뜨거운 것도 좋아요.
홍당무   아빠도 여기보다는 강가가 더 좋으실 거예요. 풀밭에 가만히 누워 계시면 되니까요.

르픽 씨   그럼 앞장서거라. 대신 천천히 걸어야 한다. 안 그러면 더
   위 먹을라.

르픽 씨의 주의에도 홍당무는 저절로 걸음이 빨라졌다. 빨리 가고
싶어서 몸이 근질근질했던 것이다. 어깨에는 훼릭스 형과 자신의 수
영복이 걸쳐져 있었다. 아무 무늬도 없는 홍당무의 수영복에 비해 훼
릭스 형의 것은 파랑과 빨강 무늬가 있는 화려한 것이었다.

홍당무는 신이 났다. 그래서 노래를 부르기도 하고 혼자 중얼거리
기도 했다. 또 나뭇가지에 뛰어올라가 공중에서 헤엄치는 흉내도 냈
다.

"물에 들어가면 시원하겠지?"

홍당무는 훼릭스 형을 돌아보며 물었다.

"오늘은 정말 실컷 헤엄칠 거야."

"네 맘대로?"

훼릭스 형이 비웃듯이 대뜸 입술을 비죽 내밀었다.

홍당무는 할말이 없었다. 훼릭스 형의 말이 맞았기 때문이었다.

홍당무는 나지막한 돌담을 살짝 뛰어넘었다. 뛰는 순간 언뜻 강의
모습이 눈앞에 비쳤다 사라졌다.

홍당무는 더욱 빠른 속도로 달려갔다. 곧 눈앞에 강물이 펼쳐졌다.

강물은 햇빛을 반사하며 보석같이 반짝이고 있었다. 그러면서 톱니
가 맞물려 돌아가는 소리를 냈다.

'저 속으로 풍덩 뛰어들어야지.'

홍당무는 르픽 씨를 기다리며 생각했다. 르픽 씨가 지켜보는 가운
데 헤엄을 쳐야 하기 때문이었다.

그런데 막상 르픽 씨가 도착하자 홍당무는 더럭 겁이 났다. 항상 오늘은 해내야지, 하고 마음을 먹었지만 강물이 깊은 곳에서부터 자신을 끌어당긴다고 생각하니 오금이 저렸다.

홍당무는 강물에서 조금 떨어진 곳에서 옷을 벗기 시작했다. 겉으로는 깡마른 몸을 보이기 싫어서 그런 척했지만 사실은 떨고 있다는 것을 보이기 싫어서 그러는 것이었다.

홍당무는 옷을 하나씩하나씩 줄 위에 천천히 걸어 놓았다. 풀었던 구두끈도 매었다 다시 풀고, 다시 매었다 풀었다.

그러다 보니 한참 만에야 수영복을 입을 수 있었다. 온몸이 봉지에서 녹은 사과나 과자처럼 끈적끈적거렸다.

훼릭스 형은 벌써 강물로 뛰어들어 신나게 헤엄치고 있었다. 팔을 휘둘러 물을 멀리 튀기기도 하고 팔꿈치로 쳐서 물보라를 일으키기도 했다. 그러면서 굽이치는 파도를 강가 쪽으로 몰아왔다.

"홍당무, 너 벌써 포기했니?"

르픽 씨가 물었다.

"아녜요, 몸을 좀 말리고 있는 거예요."

홍당무는 얼른 변명을 했다.

얼마 후 홍당무는 모진 결심을 하고 강가로 갔다. 그리곤 엄지발가락부터 천천히 물에 넣어 보았다. 구두가 너무 작아 발가락이 까져 있었다. 홍당무는 배를 살살 쓰다듬어 보았다. 아직 완전히 소화가 되지 않은 듯싶었다. 그러나 르픽 씨와 훼릭스 형이 보고 있는 터라 어쩔 수 없이 나무 뿌리를 따라 몸을 서서히 아래로 미끄러뜨렸다.

미끄러지는 동안 종아리와 허벅지가 나무뿌리에 긁혔다. 더구나 배에까지 물이 차자 도망치고 싶었다. 마치 젖은 끈이 팽이에 감기듯 강물이 몸에 감겨 왔다.

그때 의지하고 있던 나뭇가지가 뽑히며 흙이 무너져 내렸다. 그 바람에 홍당무는 물 속으로 완전히 미끄러져 들어갔다.

홍당무는 한참 동안이나 허우적거렸다. 그러다 간신히 일어났는데, 기침이 나고 눈이 흐려지면서 머리가 뻐근했다.

"잠수는 아주 잘하네!"

르픽 씨가 칭찬을 했다.

"하지만 좋아하지는 않아요. 귓속에까지 물이 들어간 것 같아요. 머리도 아프고요."

홍당무는 허겁지겁 얕은 곳으로 나왔다.

"그렇게 서두르지 말거라."

르픽 씨가 주의를 주었다.

"주먹을 쥔 채 휘두르지 마라. 그렇게 하면 머리카락을 쥐어뜯는 것 같다. 손대신 발을 써, 발을!"

"손을 안 쓰고 헤엄치려니까 너무 어려워요!"

홍당무는 물을 마시며 대답했다.

그러는 사이에 훼릭스 형이 옆에서 끊임없이 놀려 댔다.

"홍당무야, 이리 와 봐. 난 발이 닿지 않는 데 있다. 봐, 한번 가라앉았다 올라와 볼게. 자, 넌 저기 버드나무 쪽에 가 봐. 움직이면 안 돼. 열 번 물장구치는 동안 네 옆까지 갈 테니."

"알았어."

홍당무는 덜덜 떨면서 간신히 말했다. 그리곤 훼릭스 형이 가리킨 곳에 가서 어깨를 물 밖으로 드러내 놓고는 마치 말뚝처럼 서 있었다.

훼릭스 형은 금방 홍당무가 있는 곳까지 왔다. 와서는 홍당무의 어깨에 올라탔다.

"야호!"

훼릭스 형은 홍당무의 어깨 위에서 똑바로 서더니 그대로 다이빙을 하였다.

"이젠 네 차례야. 내 등에 올라가."

"난 혼자 할 거야."

홍당무가 겁에 질려 말했다.

"이제 그만!"

그때 르픽 씨가 큰 소리로 두 사람을 불렀다.

"둘 다 나와서 럼주 한 모금씩 마시거라."

"벌써요?"

홍당무가 아쉬운 듯 물었다.

홍당무는 나가고 싶지 않았다. 물에 익숙해지려는 참이기 때문이었다.

조금 전까지만 해도 마치 납덩어리처럼 물 속으로 가라앉곤 했지만 이제는 조금씩 물 속을 돌아다닐 수 있었다. 누군가를 구조하기 위해서라면 목숨까지도 던질 수 있을 것 같았다.

"빨리 나와!"

르픽 씨가 소리쳤다.

"안 나오면 훼릭스 형이 럼주를 다 마신다."

"안 돼요, 절대!"

홍당무는 럼주를 좋아하지 않았지만 그렇게 소리쳤다. 그리고는 당장 밖으로 뛰쳐나가 전투병처럼 럼주를 꿀꺽꿀꺽 들이켰다.

르픽 씨   이제 보니 너 잘 씻지 않는구나. 봐라, 복숭아 뼈에 때가 그대로 있잖니.

홍당무   이건 진흙이에요.

르픽 씨   뭘, 때가 분명한데.

홍당무   지금이라도 물에 들어가서 씻고 올까요?

르픽 씨   내일 씻어라, 또 올 테니.

홍당무   정말요? 내일도 날씨가 좋아야 할 텐데!

   홍당무는 수건의 끝 쪽으로 몸을 닦았다. 훼릭스 형이 이미 가운데로 닦아 끝 쪽만 젖지 않았던 것이다. 머리도 아프고 피곤하기도 했지만 홍당무는 기분이 좋았다. 훼릭스 형과 르픽 씨가 구두가 너무 작아 부르튼 홍당무의 발가락을 보고 우스개 소리를 했기 때문이었다.

오노리느

르픽 부인   오노리느, 몇 살이나 됐죠?

오노리느   이번 만성절에 예순일곱이 되었답니다.

르픽 부인   벌써 그렇게 됐어요?

오노리느   나이야 무슨 상관 있나요. 이렇게 일할 수 있는데요. 이래
         봬도 아직 앓아 누워 본 적이 없답니다. 아마 말도 나처럼은 튼튼
         하지 못할 거예요.

르픽 부인   그렇다면 한 마디만 할게요. 오노리느, 당신은 분명히 갑
         자기 죽을 거예요. 저녁에 강에서 돌아올 때 등에 진 바구니가 무
         너지는 것처럼 느껴지거나, 손수레가 천 근 무게로 느껴질 때가 있
         을 거예요. 그런 날 당신은 손잡이 앞에 무릎을 꿇고 젖은 빨래 위

62

에 얼굴을 틀어박고 쓰러질 거예요. 사람들이 달려와서 일으켜 보면 벌써 숨이 끊어진 상태죠.

오노리느   그런 소리가 어딨어요! 이렇게 팔이며 다리며 아직 멀쩡한데!

르픽 부인   허리가 그렇게 굽었는데요? 하긴 등이 굽으면 빨래할 땐 편할 거예요. 하지만 눈이 안 보이는 건 좀 곤란하죠. 오노리느, 난 벌써 눈치채고 있었어요.

오노리느   천만의 말씀! 난 갓 시집왔을 때처럼 멀쩡하다구요. 모든 게 똑똑하게 보인단 말예요.

르픽 부인   그러면 찬장을 열고 접시를 한 장 꺼내 봐요. 어떤 거라도 상관없어요. 봐요, 말끔히 행주질했다면 이 얼룩은 어떻게 된 거죠?

오노리느   찬장에 습기가 차서 그래요.

르픽 부인   그럼 이 자국은요? 이건 찬장 속에 산보하는 손가락이라도 있다는 건가요?

오노리느   도대체 얼룩이 어딨다고 그래요? 내 눈엔 아무것도 안 뵈는데.

르픽 부인   그러니까 말예요. 오노리느, 잘 들어요. 당신이 꾀를 부린다는 게 아녜요. 그런 말을 했다간 아마 천벌을 받을 거예요. 이 고장에서 당신만큼 열심히 일하는 사람은 없으니까요. 하지만 당신은 나이가 너무 많아요. 너무 늙었어요. 열심히 하겠다는 생각만으론 안 돼요. 아마 당신은 눈이 헝겊에 가려진 것처럼 느껴질 때가 있을 거예요. 아무리 비벼 봤자 헛일일 테구요.

오노리느   난 언제나 눈을 크게 뜨고 있어요. 그래서 물통 속에 머리를 처박은 것처럼 뿌옇게 보이는 일은 없어요.

르픽 부인   그렇지 않아요. 오노리느, 내 말이 틀림없어요. 어제만 해
    도 당신은 우리 집 양반한테 더러운 컵을 주었단 말예요. 하지만
    난 아무 말도 안 했어요. 당신을 슬프게 하고 싶지 않아서요. 그이
    도 마찬가지였구요. 그이야 항상 말이 없는 편이지만 그렇다고 해
    서 아무것도 모르는 건 아녜요. 무관심한 사람 같지만 천만에요. 주
    위에서 벌어지는 모든 일을 가만히 보고 있다가 그냥 머리 속에 새
    겨 넣을 뿐이죠. 어제도 당신이 준 컵을 손가락으로 밀어 내더니
    아무것도 마시지 않고 식사를 끝내더군요. 그때 난 당신과 그이를
    보고 가슴이 아팠어요.

오노리느   세상에, 주인 어른이 하녀한테 격을 두다니! 말씀하셨다면
    당장 바꿔 드렸을 것을!

르픽 부인   그렇겠지요. 하지만 당신보다 훨씬 더한 사람도 그이 입
    을 열게 하진 못해요. 원래 입을 봉해 놓기로 작정한 양반이니까요.
    나도 단념했다니까요. 하지만 지금 그 문제를 얘기할 때가 아녜요.
    아무튼 당신은 날마다 시력을 잃어 가고 있어요. 허드렛일이나 빨
    래 같은 건 눈에 띄지 않게 할 수도 있겠지만 꼼꼼하게 해야 할 일
    은 이제 당신한텐 맞지 않아요. 그래서 돈이 좀더 들더라도 당신을
    도울 사람을 하나 구하고 싶은데…….

오노리느   걸리적거리기만 하는 여자완 함께 일할 수 없습니다.

르픽 부인   그럼 어떻게 했으면 좋겠어요? 솔직히 한번 말해 보세요.

오노리느   죽는 날까지 제가 혼자 해 나가겠어요.

르픽 부인   죽을 때까지요, 세상에! 오노리느, 당신은 우리 장례까지
    치러 줄 생각인 모양인데 당신이 우리보다 먼저 죽는다는 건 생각
    해 보지 않았나요?

오노리느   행주질 조금 잘못했다고 설마 날 내쫓으려는 건 아니겠

죠? 날 내쫓지 않는 한 난 결코 댁에서 나가지 않을 뿐더러 쫓겨나
면 그대로 길바닥에서 죽을 뿐입니다!

르픽 부인　누가 내쫓는데요, 얼굴을 붉히고 그러게? 우린 지금 의논
하고 있는 거라구요!

오노리느　하지만 누가 압니까.

르픽 부인　그럼 대체 나보고 어쩌란 말예요? 당신 눈이 나빠진 건
내 탓도 당신 탓도 아니잖아요. 그런데 딱한 건 당신 쪽이 아니라
내 쪽이란 말예요. 당신은 눈이 불편해도 전혀 상관없겠지만 난 식
구들이 애먹으니 보통 불편한 게 아니거든요. 인정상 말을 안 할
수도 없었어요. 당신한테 딱한 일이 생기면 안 되겠기에 말예요. 그
정도는 나도 얘기할 입장이 된다고 생각했어요. 의사한테 치료 받
으면 고칠 순 있는 건지!

오노리느　그럼 좋도록 하세요. 아까 같아선 당장 내쫓기는 기분이
었어요. 하지만 이제 얘기를 다 듣고 나니 마음이 놓이는군요. 이제
부터는 접시 닦을 때 조심할게요. 더 하실 말씀은 없으세요?

르픽 부인　다 했어요. 난 소문 보단 괜찮은 사람이에요. 당신이 꼭
내 보내 달라는 말만 하지 않으면 절대 내보내지 않겠어요.

오노리느　그렇다면 얘긴 끝났어요. 난 아직 얼마든지 일할 수 있어
요. 그러니까 만약 날 내쫓는다면 이럴 수 있느냐고 큰 소리로 떠
들 겁니다. 하지만 남에게 짐이 되고 냄비에 물조차 끓일 수 없게
된 것을 알았을 땐 두말 없이 나가겠어요. 누가 나가라고 하기 전
에 미리요.

르픽 부인　그때가 되어도 이것만은 잊지 말아요. 언제라도 우리 집
에 찾아오면 수프 정도는 나눠줄 수 있다는 걸요.

오노리느　아뇨, 마님. 수프 같은 건 바라지도 않습니다. 그저 빵 한

조각이면 감사합니다. 마이엣트 할멈은 빵밖에 먹을 수 없게 됐는데도 좀처럼 죽을 것 같지 않더군요.

르픽 부인   그 할멈을 알고 있었어요? 백 살도 더 된 거 같던데? 혹시 이런 말 알고 있나요. 거지가 우리보다 행복하다는 말?

오노리느   몰랐었는데 마님 말씀을 듣고 보니 그럴 것 같군요.

냄 비

LA MARMITE

홍당무는 좀체로 가족에게 도움이 되지 않았다.

항상 한쪽 구석에 쭈그리고 앉아 도움이 되려고 기다렸지만 기회는 쉽게 오지 않았다.

혹시 말다툼이 벌어지거나 또 감정이 격해진 식구들 틈에서 혼자 냉정을 유지하면서 일을 처리할 생각이었다. 그런 기회가 오면 구석에서 바로 뛰어나갈 생각이었다.

홍당무는 르픽 부인이 눈치 빠르고 착실한 조수를 원한다는 것을 진작부터 알고 있었다. 그러나 콧대가 센 부인인지라 그런 말을 입밖으로 내지는 않았다. 따라서 홍당무는 모든 일을 비밀리에 해야 한다고 생각했다. 물론 칭찬이나 상은 바라지 않았다.

아궁이 위에는 냄비가 하나 걸려 있었다. 겨울에는 뜨거운 물이 많이 필요하기 때문에 수시로 물을 끓여 내기 위해서였다. 따라서 냄비는 항상 활활 타오르는 불 위에 올려져 있었다.

그러나 여름에는 설거지할 때만 더운물이 필요했다. 따라서 냄비는 장작 두 개가 피어 내는 약한 불 위에 있었다. 그럴 때 냄비는 나직한 휘파람 소리를 냈다.

냄비에서 휘파람 소리가 나지 않으면 오노리느는 허리를 굽혀 귀를 기울였다.

"물이 다 좋았군."

오노리느는 그렇게 말하곤 했다. 그리곤 냄비에 물을 가득 부었다. 장작 두 개로 재를 휘저을 때도 있었다. 그러면 냄비는 다시 듣기 좋은 휘파람 소리를 냈다.

누군가 이 광경을 보면 틀림없이 이렇게 말할 것이다.

"오노리느, 쓸데없이 왜 물은 끓이지? 당장 냄비를 내려놓고 불을 꺼 버려요. 장작은 뭐 거저 생기나? 추워도 장작 하나 못 피우는 사람이 많은데. 알뜰하다는 사람이 뭐 그래?"

그러면 오노리느는 틀림없이 고개를 저을 것이었다. 어릴 적부터 일 년 내내 아궁이에 냄비가 걸려 있는 것을 보아 왔을 뿐만 아니라 펄펄 끓는 물소리를 들어왔기 때문이었다. 따라서 그녀는 비가 오나 눈이 오나 해가 쨍쨍 쬐거나 어김없이 냄비에 물을 끓였다.

오노리느는 냄비에 일부러 손을 대보거나 들어디보지 않았디. 보지 않아도 물이 얼마나 좋았는지 훤히 알기 때문이었다.

예를 들어 냄비에서 물 끓는 소리가 들리지 않으면 물을 붓는 식이었다. 마치 구슬에 실을 꿰듯 아주 능숙한 솜씨로 이제까지 한 번도 실수한 적이 없었다.

그런데 오늘은 처음으로 실수를 저질렀다. 물이 아궁이 속으로 쏟아진 것이었다.

물은 불 속으로 쏟아지며 무럭무럭 연기를 피어 올렸다. 그리하여 부엌은 곧 구름 같은 재로 온통 뒤덮였다. 오노리느는 그 연기에 화상을 입었다.

오노리느는 깜짝 놀라며 뒤로 물러섰다. 그리곤 연신 재채기를 하며 침을 뱉었다.

"아이구, 죽겠네! 땅 속에서 악마가 튀어나왔나!"

아픈 눈을 꾹 참으면서 오노리느는 시커멓게 그을은 손으로 아궁이 속을 더듬었다.

"아니!"

아궁이를 더듬던 오노리느가 눈을 부릅뜨며 소리쳤다.

"냄비가 없어졌잖아!"

정말 냄비가 온데간데가 없었다.

"이상한 일이군. 조금 전까지만 해도 분명히 있었는데. 갈대 피리처럼 삐삐 소리를 내고 있었는데."

그렇다면 누군가 냄비를 치운 것이 틀림없었다. 조금 전 오노리느가 돌아서서 앞치마에 붙은 야채 찌꺼기를 터는 동안 가져간 것이 틀림없었다.

'대체 누가 이런 짓을?'

오노리느는 알 수가 없었다.

그때 르픽 부인이 나타났다.

"무슨 일이에요, 오노리느?"

"좀 보세요, 마님."

오노리느가 큰 소리로 말했다.

"정말 큰일날 뻔했지 뭡니까. 하마터면 타 죽을 뻔했어요. 보세요, 이 슬리퍼며 치마며 손을 좀! 윗도리는 흙투성이고 주머니 속에는 숯까지 들어갔어요!"

르픽 부인   아궁이는 왜 저 모양이죠? 아주 엉망이군요. 당장 좀 치우세요.

오노리느   아 글쎄, 누가 한 마디 말도 없이 냄비를 가져갔지 뭡니까. 혹시 마님이 가져가셨나요?

르픽 부인   오노리느, 그 냄비는 이 집 식구 모두의 것이에요. 그러니까 나나 우리 집 양반이나 또 애들이 쓸 일이 있으면 가져갈 수 있는 거예요. 그런 걸 꼭 당신한테 허락을 받고 가져가야 하나요?

오노리느   전 지금 무척 화가 나 있어요. 욕이 막 나오려고 한다구요.

르픽 부인   우리한테요, 아니면 오노리느 당신한테요? 참, 기가 막혀서! 냄비가 없어졌다고 불에 물을 퍼붓다니, 그런데다 자기 잘못은 모르고 다른 사람 탓이나 하다니, 너무한 거 아네요?

오노리느   홍당무 도련님, 내 냄비 어딨는지 알아요?

르픽 부인   그애가 뭘 알아요? 그리고 당신 냄비란 말이 어딨어요? 그보다는 어제 당신이 한 말을 좀 생각해 보세요. 냄비에 물조차 끓이지 못한다면 어떡하겠다고 했죠? 이제 당신 눈이 나쁘다는 건 문명히 밝혀졌죠! 난 이제 아무 말 않겠어요. 오노리느, 입상을 한 번 바꿔 놓고 생각해 봐요. 나 못잖게 당신도 우리 집 사정을 잘 알고 있으니까. 아, 조금도 꺼릴 거 없어요. 울 테면 실컷 울어요, 울 만도 하니까.

시치미

"엄마!"

홍당무가 르픽 부인을 불렀다.

"오노리느!"

그리곤 오노리느를 불렀다.

그러나 두 사람은 서로 냉전 중이라 일절 대답이 없었다. 다만 르픽 부인이 차갑게 돌아보았다. 또 무슨 말썽을 부리나 싶었던 것이다. 그 눈길에 홍당무는 저절로 입이 다물어졌다.

'냄비를 가져간 사람은 바로 나야.'

이제 와서 그렇게 말하면 뭐하나, 홍당무는 고개를 저었다. 자신이 어찌해도 오노리느를 구할 수는 없을 것이다. 가엾은 오노리느.

오노리느가 물러나는 것, 이제 그것은 바뀌어질 수 없는 사실이었다. 설사 홍당무가 잘못을 고백한다 해도 오히려 오노리느만 괴롭힐 뿐이었다.

오노리느로서도 르픽 집안에서 나가는 것이 좋으리라. 홍당무가 범인이라는 것을 모르는 채 말이다. 조금 빨리 찾아왔을 뿐, 어차피 맞을 불행이었다.

특히 르픽 부인에게는 아무 말도 하지 않는 편이 좋을 듯싶었다. 큰 공이라도 세운 듯 자랑스레 말한다면 그 얼마나 우스운 짓일까. 칭찬을 받기는커녕 험한 꼴을 당할지도 모르는 일인데.

모르긴 몰라도 르픽 부인은 홍당무를 야단칠 것이 뻔했다. 그렇다면 양심의 가책은 되지만 모르는 척하는 편이 훨씬 나았다. 르픽 부인과 오노리느를 돕는 것으로 속죄를 할망정.

홍당무는 르픽 부인과 오노리느를 도와 냄비를 찾기 시작했다. 이구석 저 구석 르픽 부인과 오노리느의 손이 가지 않는 곳까지 샅샅이 뒤졌다. 그래서 적어도 두 사람이 보기에는 열과 성을 다하는 것 같았다.

그러나 르픽 부인은 냄비를 찾건 말건 아무래도 상관없는지 얼마 안 가서 포기하고 말았다. 오노리느 역시 금방 단념하고 어디론가 나가 버렸다. 혼자 무어라고 중얼거리면서.

일이 그렇게 되자 홍당무는 더 이상 수고할 필요가 없었다. 그리하여 사신의 껍실 속으로 되돌아살 수 있게 된 것이나. 마치 성의의 칼날이 사용할 필요가 없게 되자 칼집 속으로 다시 들어가듯이.

아가트

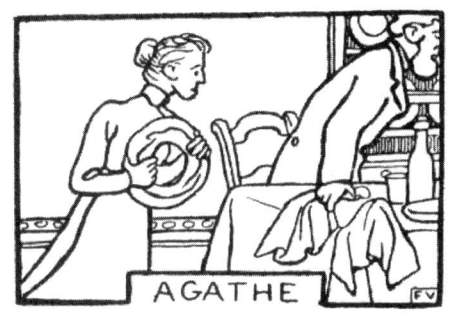

오노리느 대신 온 하녀는 아가트였다.

홍당무는 새로 온 하녀를 신기한 듯 이리저리 관찰했다.

아가트 덕분에 며칠 동안 르픽 씨 가족의 관심이 홍당무에게서 멀어졌다.

"아가트, 방에 들어올 땐 반드시 문을 두드려야 해. 그렇다고 망아지처럼 주먹을 휘둘러서 문을 부수라는 말은 아냐."

르픽 부인이 아가트에게 이것저것 가르쳐 주었다.

'또 시작이군. 점심 식사 때가 되면 아주 볼 만할 거야.'

홍당무는 르픽 부인을 보며 생각했다.

드디어 식사 시간이었다.

모두들 부엌에 딸린 커다란 식탁에서 식사를 하였다. 아가트는 팔에 냅킨을 걸고 아궁이에서 찬장으로, 찬장에서 식탁으로 언제든지 쫓아올 준비를 하고 있었다.

그런데 아가트에게는 조신하게 행동하는 것이 아예 어울리지 않았다. 항상 얼굴을 빨갛게 상기시킨 채 헐레벌떡 달리기를 좋아했다. 말도 너무 빨리 했고 웃음소리도 너무 컸다. 무엇을 하건 지나치게 열심히 했다.

르픽 씨가 맨 먼저 자리에 앉았다.

그는 냅킨을 펴서 앞에 놓고는 요리 접시에서 고기를 덜었다. 덜어 온 고기에 소스를 친 다음 포도주를 따랐다. 그리곤 어깨를 새우등처럼 굽힌 채 음식을 먹기 시작했다. 무엇을 먹는지 모르게 눈을 내리깐 채 아주 조금씩 먹었다.

접시를 다 비우고 나서는 몸을 뒤로 젖힌 채 궁둥이를 조금씩 들썩였다. 다음 요리가 나오길 기다리는 것이었다.

아이들 고기는 르픽 부인이 담아 주었다.

먼저 훼릭스 형부터 주었다. 뱃속에서 꼬르륵 소리가 났기 때문이었다. 다음에는 에르네스틴느 누나에게 주었다. 맏딸이기 때문이었다. 그런 다음 마지막으로 홍당무에게 주었다. 홍당무는 식사 순서뿐 아니라 자리도 맨 끝에 있었다.

홍당무는 배가 차지 않아도 절대 더 달라고 하지 않았다. 따라서 항상 한 접시로만 식사를 마쳤다.

물론 "좀더 줄까?" 하고 물으면 두 말 않고 더 받았다. 물론 이때까지도 포도주는 마시지 않았다. 오직 좋아하지도 않는 밥으로만 배를 채웠다. 밥을 좋아하는 르픽 부인의 비위를 맞추기 위해서였다.

그러나 훼릭스 형과 에르네스틴느 누나는 먹고 싶은 대로 먹고, 먹고 싶은 것을 먹었다. 그들은 더 먹고 싶으면 르픽 씨와 마찬가지로 요리 접시에서 더 담아 왔다. 그래도 뭐라고 하는 사람 하나 없었다.

'이상한 사람들이네!'

아가트는 르픽 씨 식구들의 식사하는 모습을 보고 고개를 갸우뚱했다. 그러나 르픽 씨 식구들로서는 이상할 것이 없었다. 오래 전부터 해 온 대로 할 뿐이었다.

아가트는 두 팔을 허리에 얹은 채 하품을 했다.

르픽 씨는 유리 조각이라도 씹듯이 음식을 천천히 씹었다.

평소에는 수다스러울 정도로 말이 많은 르픽 부인도 식사 때에는 이상할 정도로 말이 없었다. 꼭 필요한 말도 손짓과 표정으로 의사소통을 했다.

에르네스틴느 누나는 천장을 보며 음식을 씹었다.

휄릭스 형은 손가락으로 빵을 주무르고 있었다.

홍당무는 포도주를 거절했기 때문에 다른 사람과 식사하는 속도를 맞추는 데 온 신경을 썼다. 굶주린 듯이 너무 빨리 접시의 소스를 먹어 치워도 안 되고 그렇다고 꾸물거려도 안 되었다. 따라서 홍당무는 식사 시간이면 항상 복잡한 시간 계산에 몰두했다.

그때 갑자기 르픽 씨가 일어나 물을 가지러 갔다.

"제가 가져올게요."

아가트가 얼른 말했다. 아니, 정확하게 표현하자면 중얼거렸다. 식사하는 동안 서로 어색해져 제대로 말할 수가 없었던 것이다. 아가트는 그 모든 잘못이 자신에게서 비롯되었다고 생각했다.

르픽 씨 접시에 빵이 다 떨어져 가고 있었다. 아가트는 이번에야말로 기회를 놓치지 않으려고 했다. 그런데 너무 르픽 씨에 대해서만 신경을 쓰다 보니 다른 가족들은 잊고 있었다.

"아가트, 몸에 나뭇가지라도 생긴 거냐!"

이윽고 르픽 부인이 소리쳤다.

"네? 무슨 분부라도 있으신가요?"

아가트는 당황하여 얼굴이 빨갛게 변했다. 그러나 눈길은 여전히 르픽 씨에게 머물고 있었다. 눈치 빠르게 행동하여 주인의 환심을 사고자 하는 것이었다.

드디어 아가트에게 기회가 왔다. 르픽 씨가 마지막 남은 빵 한 조각을 먹기 시작한 것이었다.

아가트는 얼른 찬장으로 뛰어가 빵을 가져왔다. 다섯 근이나 되는, 칼로 자르지 않은 바퀴 모양의 빵이었다. 아가트는 주인이 필요한 물건을 미리 챙겼다는 기쁨에 어쩔 줄 몰라했다.

그러나 르픽 씨는 냅킨을 치우더니 식탁에서 일어나는 것이었다. 그리곤 모자를 쓰곤 담배를 피우러 마당으로 나갔다.

르픽 씨는 한 번 덜어 온 양 이상은 잘 먹지 않았다.

아가트는 다섯 근이나 되는 빵을 들고 그 자리에 서 있었다. 마치 바퀴 만드는 회사의 선전용 마네킹과 같이.

계획표

"어때, 질렸지?"

아가트와 둘이서만 남게 되자 홍당무가 물었다.

"하지만 너무 실망하지 마. 한두 번 일어나는 일이 아니니까. 그런데 그 병들을 어디에 갖고 가는 거야?"

"헛간에요."

홍당무   기다려 내가 갈게. 헛간은 계단이 낡아서 여자들한텐 위험해. 잘못하면 미끄러져 목이 부러질지도 몰라. 하지만 난 잘 안 미끄러져. 그래서 전부터 헛간 일은 내가 다 봤어. 난 그 안에서 빨간딱지와 파란딱지도 구분할 수 있거든.

거기서 헌 술통을 내다 팔면 돈도 약간 생겨. 토끼 가죽도 마찬가지고. 돈은 엄마한테 맡겨 놓아. 그러니까 우리 미리 약속하자. 서로 일에 방해되지 않도록 말야.

아침에 개장 문을 열고 밥을 주는 일은 내 일이야. 저녁때도 내가 휘파람을 불어서 들어오게 하지. 한눈을 파느라고 잘 안 들어올 때는 기다려야 하지만.

닭장 문 잠그는 것도 내 일이야. 엄마하고 약속했어. 그리고 난 가축에게 먹일 풀도 뽑아. 풀 뽑는 일은 아주 중요하거든. 종류를 잘 알아야 할 뿐 아니라 풀에 붙은 흙을 털어 버리고 구멍을 메워 놓아야 하기 때문이지.

난 또 운동삼아 장작을 팰 때도 있어. 아빠를 도와서 말야.

아빠가 잡아온 사냥감이 살아 있으면 목을 비틀기도 해. 그때 아가트는 에르네스틴느 누나와 함께 털을 뽑으면 돼.

생선 배를 가르는 일도 내 일이야. 창자를 빼내고 공기 주머니를 발로 밟아서 터트리는 데까지. 비늘을 벗기고 샘에서 물을 길어 오는 건 아가트가 해야 해.

실타래 풀 때도 내가 도와 줄게. 커피도 빻아 주고.

아빠 구두가 더러워지면 복도에 내놓는 일도 내가 해. 그러나 실내화를 가져오는 권리는 에르네스틴느 누나에게 있어. 누나가 이 일은 아무한테도 양보하지 않거든. 직접 수를 놓았기 때문이야.

그 밖에 중요한 심부름도 더 내가 해. 약국이니 병원말고도 먼 곳에 가는 일 말야. 그러니까 아가트는 마을에 가서 간단한 물건만 사 오면 돼.

하지만 날씨가 어떻든 매일 두세 시간은 강에 가서 빨래를 해야 돼. 아가트가 하는 일 중에서 아마 그게 제일 힘들 거야. 딱하긴 하지만 나로서도 어쩔 수가 없어. 하지만 틈나는 대로 거들어 줄게. 울타리 위에 빨래 너는 일 같은 거 말야.

참, 주의할 게 있어. 과일 나무 위에는 절대 빨래를 널지 마. 아빠는 잔소린 안 하지만 땅바닥에 냅다 던져 버리니까. 그래서 조금이라도 얼룩지면 엄마는 틀림없이 다시 빨아 오라고 할 거야.

구두 손질도 아가트가 해야 돼. 사냥 구두에는 기름을 많이 발라야 해. 하지만 장화에는 살짝만 발라야 돼. 그렇지 않으면 장화가 상하거든.

바지에 진흙이 묻은 건 상관하지 않아도 돼. 아빤 진흙 묻은 바지가 더 오래 간다고 믿으시거든. 그래서 바짓가랑이도 걷지 않고 밭 가운데를 마구 걸어다니셔. 사냥에 따라가서 그러시는 걸 보면 나는 막 걷어 드리고 싶어. 그런데 내가 그러면 아빠는 "홍당무야, 너는 진짜 사냥꾼은 절대 못 되겠다." 그러셔.

하지만 엄마는 "바짓가랑이에 흙만 묻혀 와 봐. 귀가 떨어져 나갈 테니." 그러시거든. 이걸 생각의 차이라고 하는 거야.

그러니까 모든 걸 슬프게 생각할 필요는 없다는 말이야.

방학 동안엔 우리 둘이서 일을 나눠 하면 돼. 그리고 누나와 형과 내가 기숙사로 돌아가면 아마 일이 많이 줄어들 거야. 그러니까 일하는 양은 언제나 비슷할 거야.

그리고 또 우리 집엔 그렇게 나쁜 사람은 없어. 내 말을 못 믿겠으면 이웃 사람들한테 물어 봐.

에르네스틴느 누나는 천사처럼 친절하고 훼릭스 형은 마음이 넓어. 또 아빠는 사리가 분명하시고 엄마는 보기 드물게 요리를 잘하셔. 난 좀 말썽꾸러기지. 하지만 너무 걱정하지 마. 다루는 방법만 파악하면 그런 대로 편할 테니.

난 모든 일을 합리적으로 생각하려고 애쓰는 편이야. 그래서 나쁜 점이 파악되면 고치기도 하고. 아가트도 내게 할 말이 있으면 거리낌없이 말해 줘, 바로 고칠 테니. 서로 마음만 조금씩 연다면 우린 틀림없이 좋은 사이가 될 거야.

그런데 한 가지 명심할 건, 이제부터 '도련님'이라고 부르지 말라는 거야. 다른 사람들처럼 그냥 '홍당무'라고 불러. '홍당무 도련님'이라고도 부르지 마. 그게 간단하고 좋잖아?

하지만 아가트, 오노리느 할머니처럼 주책없는 말은 하지 마. 오노리느가 그러는 게 난 너무 싫었어. 지금도 싫어하지만.

장 님

살짝 문 두드리는 소리가 났다.

르픽 부인 저 사람이 또 무슨 일이지?
르픽 씨 또는 무슨, 10수우만 달라는 거지. 올 때가 됐잖소. 어서 문
이나 열어 줘요.

르픽 씨의 말에 르픽 부인은 못마땅한 표정으로 문을 열었다.
문을 열자마자 부인은 밖에 서 있는 장님의 팔을 잡아 안으로 끌어
당겼다. 날씨가 몹시 추웠기 때문이었다.
"안녕하세요? 두 분 다 계셨군요."

장님이 들어오면서 말했다.

장님은 지팡이로 톡톡 바닥을 두드리며 조심스레 걸어왔다. 그러다 지팡이 끝이 의자에 부딪치자 얼른 걸터앉았다. 난로로 내민 손이 빨갛게 부풀어 있었다.

"받아요."

르픽 씨는 은화 10수우를 꺼내 장님에게 내밀었다. 그리곤 다시 신문에 얼굴을 묻었다.

홍당무는 여느 때처럼 한쪽 구석에 웅크리고 앉아 장님을 보았다. 장님 모습이 아주 재미있었다.

장님의 나막신에 붙은 눈이 서서히 녹아 내리고 있었다. 그리하여 장님의 발 언저리에는 작은 도랑이 생겨났다. 르픽 부인이 그것을 발견하였다.

"할아버지, 그 나막신 좀 줘 보세요."

르픽 부인은 나막신을 난로 아래로 들고 갔다. 그러나 이미 바닥에는 흥건하게 물이 고인 후였다.

장님은 갑자기 발 밑이 축축해지자 얼떨떨해했다. 그리하여 연신 한 쪽 발을 들어올리며 진흙 투성이의 눈을 짓뭉갰다.

홍당무는 손톱으로 바닥을 긁어 더러운 물이 자기 쪽으로 오게 했다. 그러나 물은 금이 간 돌 바닥 틈새로 스며들었다.

"10수우나 받았으면 됐지."

들으라는 듯이 르픽 부인은 장님 쪽을 향해 불평을 했다.

"뭘 더 바라는 거지?"

장님이 꼼짝하지 않자 조금 큰 소리로 말했다.

그러나 장님은 눈치 없게도 정치 이야기를 시작했다. 그래도 처음에는 조심스레 했다. 그러다 이내 마음놓고 떠벌리기 시작했다. 말이 막히면 지팡이까지 휘둘렀다. 그 바람에 난로 연통에 주먹이 닿아 깜짝 놀라곤 했다. 눈물 마를 날이 없는 하얀 눈을 이리저리 굴리기도 했다.

"그렇겠지요, 티시에 영감."

이따금씩 르픽 씨가 맞장구를 쳐 주었다.

"그런데 그게 사실인가요?"

또 그렇게 묻기도 했다. 그러면,

"사실이냐고요?"

티시에 영감은 아주 억울하다는 듯이 펄쩍 뛰었다.

"참, 의심도 많으십니다. 그렇다면 한번 들어 보세요. 나리, 제가 장님이 된 사연은 이렇답니다."

"아예 주저앉을 생각이군."

르픽 부인이 투덜거렸다.

그러거나 말거나 티시에 영감은 느긋한 자세로 자신이 당한 재난에 대해 털어놓기 시작하였다. 난로 앞에 앉아 한껏 기지개를 켰으므로 몸과 마음이 한꺼번에 풀어진 모양이었다. 조금 전까지만 해도 꽁꽁 얼어붙은 모양이었는데 이제는 옷과 손발이 진땀으로 흠뻑 젖어 있었다.

바닥에 고였던 물은 이제 홍당무 옆까지 흘러왔다. 홍당무는 신이 났다. 장난을 칠 수 있었기 때문이었다.

르픽 부인은 한 가지 꾀를 내었다. 바로 티시에 영감 곁을 지나치면서 슬쩍 팔꿈치로 치거나 발등을 밟는 것이었다.

르픽 부인의 폭력에 티시에 영감은 조금씩조금씩 뒷걸음질을 쳤다. 그러다 나중에는 아예 찬장과 옷장 사이에 틀어박히고 말았다. 불기라고는 전혀 없는 곳이었다.

영감은 엉거주춤 서서 손으로 연신 난로를 찾아 더듬었다. 그러나 몸은 곧 다시 차디차게 식어 버렸다.

"이제 끝났습니다. 아무것도 볼 수 없습니다. 남은 거라곤 아궁이 속처럼 깜깜할 뿐입니다."

티시에 영감은 울먹이며 신세 타령을 끝냈다.

그때 지팡이가 티시에 영감의 손에서 떨어졌다. 그러자 르픽 부인은 기다리고 있었다는 듯이 얼른 지팡이를 주워 영감에게 건네 주었다. 그러나 그냥 준 것이 아니었다.

티시에 영감은 지팡이를 잡았지만 받은 것은 아니었다. 르픽 부인이 다시 꾀를 내어 지팡이의 다른 한쪽 끝을 잡고 영감을 현관 문 쪽으로 끌어당긴 것이었다.

현관에 다다르자 르픽 부인은 티시에 영감을 거리로 밀어냈다. 바깥은 솜털 같은 회색 구름으로 덮여 있었으며 바람이 몹시 불고 있었다.

르픽 부인은 문을 닫기 전에 마치 귀머거리에게 말하듯 이렇게 소리쳤다.

"또 와요, 아까 준 돈 잃어버리지 말고. 이번 일요일에 날씨가 좋아지고 당신이 살아 있다면 말예요. 그래요, 당신 말이 맞아요. 죽고 사는 문젠 아무도 알 수 없어요. 고통은 누구에게나 있는 거라고요. 하지만 하나님은 우리 모두를 도와 주실 거예요."

설 날

LE JOUR DE L'AN

눈이 내린다. 한결 복된 설날을 위해 하늘에서 눈을 내렸다.

르픽 부인은 안마당의 문을 조심스레 잠갔다. 가난한 아이들이 세뱃돈을 타러 오는 것을 막기 위해서였다.

그런데 개구쟁이들이 벌써 찾아와 문고리를 흔들기 시작했다. 발로 문을 툭툭 치기도 했다. 그러다 나막신으로 세게 걷어차기도 했다.

그러나 여전히 문이 꿈쩍도 하지 않자 아이들은 뒷걸음질을 치면서 가기 시작했다. 화가 잔뜩 난 모습들이었다.

르픽 부인은 창문가에 서서 아이들이 하는 양을 지켜보았다. 곧 아이들의 발소리가 눈 속에 묻히며 멀어져 갔다.

홍당무는 침대에서 내려왔다.

먼저 세수를 하기 위해서 마당의 여물통으로 갔다. 그런데 여물통 물이 밤새 꽁꽁 얼어 있었다.

홍당무는 주먹으로 얼음을 세게 내리쳤다. 순식간에 얼음은 박살이 나고 홍당무는 난로를 쬔 것보다 훨씬 강하게 주먹이 후끈거렸다.

그런데 정작 세수는 고양이 세수를 하였다. 비누도 없이 물로만 대충 씻는 것이었다. 그것도 보이는 데만 했다.

사람들이 더러운 아이라고 놀려도 항상 그렇게 했다. 어차피 멋을 부려도 똑같은 소리를 들으니 열심히 할 필요를 느끼지 못하는 것이었다.

홍당무는 명절을 맞이하여 상쾌한 기분으로 훼릭스 형 뒤에 섰다. 훼릭스 형은 에르네스틴느 누나 뒤에 섰다. 그리곤 셋이서 부엌으로 들어갔다. 르픽 부인도 막 들어왔다.

에르네스틴느 누나가 먼저 르픽 씨와 르픽 부인에게 인사를 했다.

"안녕히 주무셨어요, 아빠? 안녕히 주무셨어요, 엄마? 새해 복 많이 받으세요. 건강하시고요. 그리고 내세엔 꼭 천당에 가세요."

인사를 마치고 에르네스틴느 누나는 키스를 했다. 훼릭스 형도 에르네스틴느 누나와 마찬가지로 인사말을 하고 키스를 했다.

그러나 홍당무는 모자 안에서 편지 한 장을 꺼냈다. 봉투에는 주소 대신 '사랑하는 부모님께'라고 씌어져 있었으며, 한쪽 모퉁이에는 귀여운 새 한 마리가 새겨져 있었다.

홍당무는 편지를 르픽 부인에게 내밀었다.

르픽 부인은 봉투를 뜯어보았다. 봉투 안에는 활짝 핀 꽃으로 장식된 편지가 들어 있었다. 마치 레이스처럼 꽃들이 편지지 가장자리에 둘러쳐져 있었다. 그 레이스에 펜이 몇 번 꽂혔는지 가장자리에 쓰인 글자가 여러 개 망가져 있었다.

르픽 씨   난 아무것도 없니?

홍당무   편지는 두 분께 드리는 거예요. 엄마가 다 읽으시고 아빠께
드릴 거예요.

르픽 씨   그럼 넌 아빠보다 엄마가 더 좋단 말이니? 그렇다면 조금
있다 주머니를 뒤져 보렴. 아마 네 주머니엔 10수우짜리 새 돈이
없을게다.

홍당무   조금만 기다리세요, 엄마가 다 읽으셨나 봐요.

르픽 부인   문장은 좋다만 글씨가 엉망이라 도대체 무슨 말인지 모
르겠구나.

"여기 있어요. 이젠 아빠 차례예요."

홍당무가 편지를 내밀며 얼른 말했다.

르픽 씨가 편지를 읽는 동안 홍당무는 잔뜩 긴장하였다. 르픽 씨는
편지를 읽고 또 읽었다. 늘 하던 대로 "흠! 흠!" 하면서 고개를 끄덕이
기도 했다.

잠시 후, 르픽 씨는 편지를 탁자 위에 올려놓았다.

그러나 홍당무는 편지를 집어 드는 대신 멀거니 보았다. 이제 아무
나 읽어도 상관없다는 뜻이었다.

에르네스틴느 누나가 얼른 편지를 집어 들었다. 그리곤 훼릭스 형
과 함께 번갈아 읽어 보았다.

"여기서 펜을 바꾼 모양이지. 알아보기가 훨씬 쉬워졌는데."

"그래도 여긴 다시 엉망인데."

훼릭스 형과 에르네스틴느 누나는 서로 맞춤법이 틀린 것을 찾아
내기 시작했다. 그러거나 말거나 홍당무는 그대로 서 있었다.

훼릭스 형이 편지를 홍당무에게 되돌려 주었다. 홍당무는 편지를

이리저리 뒤집어 보았다. 그리곤 어색한 웃음을 띠었다.

"이제 읽을 사람은 없겠지."

결국 편지는 다시 모자 안에 넣어졌다.

설날 선물이 나누어졌다. 에르네스틴느 누나에게는 사람보다 훨씬 큰 인형이, 훼릭스 형에게는 완전 무장을 할 수 있는 장난감 병정 한 상자가 주어졌다.

"네 선물은 따로 준비했단다. 아주 굉장한 걸로."

르픽 부인이 홍당무에게 말했다.

홍당무   아, 역시!
르픽 부인   또 아는 척하네. 그렇다면 보여 줄 필요가 없겠구나.
홍당무   아네요, 미리 알고 있었다면 벼락을 맞아도 좋아요.

홍당무는 진심을 나타내기 위해 반듯한 자세로 서서 한쪽 손을 높이 쳐들었다.

르픽 부인은 찬장을 열었다. 홍당무는 숨을 죽이고 찬장 안을 들여다보았다. 그러나 르픽 부인은 찬장 안에 팔을 넣은 채 사뭇 거드름을 피웠다.

르픽 부인은 노란 종이에 빨간 설탕으로 만든 파이프 담배를 꺼냈다.

홍당무의 얼굴이 기쁨으로 빛났다. 이럴 때 이렇게 해야 하나, 부모님 앞에서 한 대 피우는 시늉을 내야겠지.

홍당무는 빨간 설탕으로 만든 파이프 담배를 두 손가락 사이에 끼워 들곤 몸을 뒤로 젖혔다. 그리곤 머리를 왼쪽으로 기울여 입을 오므리고 두 뺨이 쑥 들어가도록 힘껏 빨아들였다.

훼릭스 형과 에르네스틴느 누나가 부러움 섞인 눈길로 바라보았다.
그러나 어차피 한 사람이 모든 것을 차지할 수는 없는 노릇이었다.
"어, 좋다! 연기가 아주 잘 통하는데!"
홍당무는 하늘을 향해 크게 숨을 내쉬고는 느긋하게 말했다.

가는 길 오는 길

르픽 씨네 도련님들과 아가씨가 방학을 맞아 집으로 돌아왔다.

홍당무는 역마차에서 얼른 뛰어내렸다. 저 멀리에 르픽 씨와 르픽 부인의 모습이 보였다.

'여기서부터 두 분을 향해 달려가야 할까?'

홍당무는 잠시 망설였다.

'아냐, 아직은 너무 빨라. 여기서부터 달려가면 너무 힘들 거야. 무슨 일이든 너무 야단스럽게 굴면 안 되잖아.'

홍당무는 조금 더 가서 뛰기로 했다.

'여기서부터 달릴까? 아냐, 저기서부터 하자.'

부모님과 조금씩 더 가까워질수록 홍당무는 조금씩 더 갈등했다.

그런데 훼릭스 형과 에르네스틴느 누나는 벌써 달려가 르픽 씨와 르픽 부인의 손을 사이좋게 나눠 가지고 있었다. 따라서 홍당무가 갔을 때는 이미 아무도 잡을 수가 없었다.

"안녕하세요, 아빠? 안녕하세요, 엄마?"

홍당무는 반가운 마음을 겨우 그렇게 표현할 수밖에 없었다.

"뭐라고?"

그런데 르픽 부인은 홍당무를 보자마자 벌써 이맛살부터 찌푸렸다.

"아빠라니, 나이가 몇인데 아직 아빠라고 부르는 거냐? '아버지'라고 부른 다음 악수를 해라, 점잖게."

그리곤 홍당무 이마에 키스를 해 주었다. 그것도 꼭 한 번만.

어쨌든 홍당무는 집에 오니 그렇게 좋을 수가 없었다.

너무 좋아 눈물이 다 나왔다. 사람이란 좋을 때 꼭 웃는 것만은 아니었다.

10월 2일, 새 학기가 되어 기숙사로 돌아가는 날이었다. 새 학기는 성령 미사로부터 시작된다.

르픽 부인은 멀리서 역마차의 방울 소리가 들리자 훼릭스 형과 에르네스틴느 누나를 한꺼번에 꼭 껴안았다.

홍당무는 그 옆에 서서 자기 차례를 기다렸다. 한쪽 손은 마차 손잡이 끈을 쥔 채 인사말도 생각했다.

"그럼 안녕히 계세요, 어머니."

너무 슬픈 나머지 홍당무는 잠긴 목소리로 겨우 인사를 했다.

"어머, 애 좀 봐."

르픽 부인은 홍당무의 인사말에 어이가 없다는 듯이 헛웃음을 쳤다.

"지가 뭐라도 된 기분인 모양이지! 어머니라니, 형이나 누나도 엄마라고 부르는데! 아무튼 이상한 아이야, 아직 코흘리개 애송이 주제에 어른 행세를 하려고 하다니!"

그리곤 홍당무 이마에 키스를 해 주었다. 그것도 꼭 한 번만.

편 대

LE PORTE-PLUME

르픽 씨는 훼릭스 형과 홍당무를 상 마르크 기숙사에 넣었다.

많은 학생들이 그 기숙사에서 중학교에 다니며 수업을 받았다. 따라서 학생들은 하루에 같은 길을 두 번 오갔다.

날씨가 좋을 때는 물론 좋았지만, 비가 올 때라도 학생들은 그 길을 좋아했다. 거리가 가깝기 때문에 힘들지 않았을 뿐만 아니라, 일 년 내내 오가다 보니 건강에도 큰 도움이 되었다.

그날도 학생들은 양 떼처럼 그 길을 걸어서 돌아오고 있었다. 홍당무는 그 속에 섞인 채 땅을 보고 천천히 걸었다. 그때였다. 한 친구가 홍당무를 치며 큰 소리로 말했다.

"홍당무, 저기 봐. 네 아버지셔."

홍당무는 친구의 말이 거짓이 아님을 당장 알았다.

르픽 씨는 그런 식으로 갑작스레 아이들을 찾아오는 것을 좋아했다. 편지도 하지 않고. 따라서 훼릭스 형과 홍당무는 생각지도 않게 건너편 길모퉁이에서 두 손을 뒤로 돌린 채 담배를 물고 서 있는 르픽 씨를 가끔 보게 되었다.

먼저 훼릭스 형이 줄에서 빠져 나와 르픽 씨에게 달려갔다.

"야호!"

홍당무가 소리치며 훼릭스 형 뒤를 따랐다.

"아빠가 오실 줄은 정말 몰랐어요!"

홍당무는 반가워서 활짝 웃으며 말했다.

"왜, 아빠 생각을 전혀 안 하는 모양이지?"

르픽 씨가 짐짓 서운한 듯 말했다.

홍당무는 그렇지 않다는 것을 보여 주고 싶었다. 그러나 너무 갑작스러운 일이어서 아무것도 생각나는 것이 없었다. 또 너무 반가운 나머지 말도 잘 나오지 않았다.

홍당무는 뒤꿈치를 들어 르픽 씨에게 키스하려고 했다. 그러자 르픽 씨는 얼른 머리를 뒤로 젖혔다. 마치 피하려는 듯한 모습이었다. 곧 다시 몸을 굽히기는 했으나 이번에는 뒷걸음질을 쳤다.

르픽 씨의 볼에 키스를 하려던 홍당무는 잠깐 콧등에 입술만 스치곤 뒤로 물러섰다. 꼭 키스해야겠다는 생각은 없었다. 다만 어리둥절한 채 멀거니 르픽 씨를 바라보았다.

홍당무는 자신이 르픽 씨에게 그런 대접을 받은 것을 이해할 수 없었다.

'아빠 날 사랑하지 않나 봐. 훼릭스 형한텐 키스를 하더니 왜 나한텐 안 하는 걸까. 어째서 모두들 나한테만 그러는 걸까. 나만 삐뚤어지게 하려고 그러나? 난 석 달 동안이나 떨어져 있으려니까 엄마 아빠가 보고 싶어서 견딜 수가 없는데. 그래서 강아지처럼 엄마 아빠한테 매달리고 싶은데. 나도 형이나 누나처럼 사랑 받고 싶은데. 엄마나 아빠가 어루만져 주길 얼마나 바라는데. 하지만 엄마 아빠 만나기만 하면 항상 내 기분을 망친단 말야.'

홍당무는 너무 서글퍼 눈물이 날 지경이었다. 그리하여 르픽 씨가 그리스 어를 얼마나 배웠냐고 묻는데도 제대로 대답하지 못했다.

홍당무   내용에 따라 달라요. 전 해석하는 걸 잘해요. 해석이라면 대충 짐작으로도 할 수 있어요.
르픽 씨   독일어는?
홍당무   독일어는 발음이 너무 어려워요.
르픽 씨   이 녀석아, 그럼 프로이센과 전쟁이 벌어지면 어떻게 이길 수 있겠니. 놈들이 지껄이는 말을 하나도 못 알아들을 텐데.
홍당무   그때까지는 알게 될 거예요. 아빠 항상 전쟁 얘길 하면서 겁을 주시지만 전 자신 있어요. 또 모르긴 해도 제가 졸업할 때까진 전쟁이 일어나지 않을 거예요.
르픽 씨   지난번 시험 땐 몇 등이나 했니? 설마 꼴찌는 아니겠지?
홍당무   어차피 꼴찌도 필요해요.
르픽 씨   이 녀석이! 일요일이라면 점심을 사주고 싶다만 평일이니 그냥 가야겠다. 공부하는데 방해하면 안 되잖니?
홍당무   평일이라도 전 그다지 할 일이 없는데요. 형은 어때?
휄릭스 형 다행스럽게도 오늘은 선생님이 숙제 내주시는 걸 잊어버린신 거 같아.
르픽 씨   그렇다면 복습이라도 해야지.

훼릭스 형   벌써 외워 버렸는데요 뭘. 어제 거와 똑같거든요.

르픽 씨   하지만 오늘은 다른 애들과 함께 돌아가는 게 좋겠다. 되도
록 이면 일요일까지 여기 있다가 그때 점심을 사주마.

훼릭스 형이 부루퉁해하건 홍당무가 입술을 내밀건 헤어질 시간은
어김없이 찾아왔다.

홍당무는 다시 시무룩해졌다. 이번에도 역시 르픽 씨가 키스하는
것을 피한다면 틀림없이 자신을 싫어하는 것이기에.

홍당무는 마음을 굳게 먹고 르픽 씨에게 다가섰다. 그리곤 입술을
위쪽으로 내밀면서 르픽 씨를 쳐다보았다.

그런데 르픽 씨는 손으로 가로막아 홍당무를 가까이 못 오게 했다.

"이 녀석아, 그 귀에 꽂고 있는 펜대로 아빠 눈알을 빼 버릴 생각이
냐? 키스할 땐 어디다 좀 치워야지. 봐라, 아빠 입에서 담배를 뺐잖
니."

홍당무   아, 죄송해요! 아빠, 정말 몰랐어요. 이렇게 부주의하다니,
전 틀림없이 머잖아 엉뚱한 일을 저지르고 말 거예요. 전에 누가
그런 말을 했거든요. 하지만 이 펜대는 제 귀에 딱 맞아 끼워 둔 걸
자꾸 잊어버려요. 그래도 펜촉은 뽑아 놨어야 하는데. 아아, 아빠,
전 기뻐요! 아빠가 이 펜대에 겁나서 키스하지 않았다는 걸 알아서.

르픽 씨   이 녀석 웃는 것 좀 봐. 하마터면 아빨 애꾸눈으로 만들 뻔
했으면서.

홍당무   그게 아니고 전 다른 의미로 웃은 거예요. 전 바보 같은 생
각을 했거든요.

96

붉은 뺨

LES JOUES ROUGES

1

　점호가 끝나면 상 마르크 기숙사 사감 선생은 학생들의 침실에서 바로 나갔다. 그러면 학생들은 마치 상자에 들어가듯 모두 조그맣게 웅크린 채 이불 속으로 들어갔다.

　방 감독인 비올론느는 방을 한 바퀴 빙 둘러보며 모두 잠자리에 들었는지 확인했다. 그런 다음 발끝으로 살며시 걸어가 가스등의 심지를 작게 줄였다.

　그 즉시 학생들은 바로 옆 사람과 이야기를 시작했다. 소근거리는 소리가 이 베개에서 저 베개로, 저 베개에서 이 베개로 오갔다. 그러면 방 안은 온통 낮은 소리로 가득하게 되었으며, 이따금씩 짤막한 휘파람 소리도 들려 왔다.

끊임없는 속삭임은 생쥐와도 같이 모습을 보이지 않고 여기저기 돌아다니며 방 안의 고요를 갉아먹었다.

비올론느는 신경이 곤두섰다. 그는 헌 슬리퍼를 신고 한참 동안 침대 사이를 돌아다녔다.

떠드는 학생을 발견하면 발을 간지럽히기도 하고 나이트 캡의 술을 당기기도 했다. 그러다 마르소의 곁에 멈추어 섰다.

마르소와 늦도록 이야기하여 학생들에게 본때를 보여 주자는 것이었다. 그래서 비올론느가 마르소 옆에 서면 학생들 대부분은 이불로 얼굴을 가리고 소근소근 말수를 줄이다가 이내 잠이 들곤 했다.

그래도 방 반장은 마르소의 침대 쇠막대기에 팔꿈치를 댄 채 그대로 서 있었다. 팔이 저리고 손가락이 근질거려도 아랑곳하지 않았다.

비올론느는 특히 동화를 즐겨 이야기했다. 또 자신의 어린 시절 이야기나 비밀 이야기도 거침없이 했다.

비올론느는 처음부터 마르소를 좋아했다.

마르소는 얼굴이 피부 안쪽으로부터 조명을 받은 것처럼 부드럽고 산뜻한 붉은 빛을 띠고 있었다. 따라서 그 아이의 얼굴은 피부라기보다 통통한 과일과도 같았다. 그 과일과 같은 피부에 먹지를 댄 지도의 신처럼 가느다란 실핏줄이 보였다.

마르소는 아무 까닭 없이 얼굴을 붉히곤 했는데 그것이 그렇게 매력적일 수 없었다. 따라서 친구들은 그를 여자 친구처럼 귀여워했다.

친구들 중에는 마르소의 한쪽 뺨을 손가락으로 눌렀다가 얼른 떼는 아이들도 있었다. 그러면 그 고운 얼굴에 하얀 자취가 생겼다가 금방 고운 분홍빛으로 물들어 갔다. 그것은 마치 맑은 물 속에 포도주를 떨어뜨린 것처럼 확 퍼지며 아름다운 색깔을 만들어 냈다. 장밋빛 콧등에서 보랏빛 귀까지 참으로 미묘한 색깔이었다.

마르소는 친구들 아무에게나 뺨을 만질 수 있게 했다. 그런 까닭에 마르소에게는 '꼬마 전구'라든가 '램프' 또는 '붉은 뺨'이란 별명이 붙었다. 그러나 마르소를 시기하는 친구들도 있었다.

특히 마르소와 침대를 나란히 하고 있는 홍당무는 심한 질투를 느끼곤 했다. 횟가루를 뒤집어쓴 것처럼 얼굴이 허여멀건한데다 비쩍 마른 홍당무에게는 얼굴을 아프도록 꼬집어 보았댔자 그런 아름다운 색깔이 나오지 않았다. 절대로 마르소와 같은 현상이 일어나지 않는 것이었다. 오히려 이상한 갈색 자국만 생길 뿐이었다.

홍당무는 마르소의 얼굴에 손톱 자국을 내고 싶었다. 그리하여 마치 오렌지 껍질을 벗기듯 피부를 확 벗겨 버리고 싶었다.

그날 밤, 홍당무는 오래 전부터 관심을 가지고 있었던 비올론느의 말에 귀를 기울였다. 홍당무는 아무래도 비올론느가 의심스러웠다. 그가 왜 그렇게 학생들의 눈치를 살피는지 알 수가 없었다.

홍당무는 꼬마 탐정이라도 된 듯 건성으로 코를 골며 비올론느를 살폈다. 일부러 몸부림을 치거나 홑이불을 젖히는 등 한껏 자는 흉내도 냈다. 또 가위에 눌린 듯 외마디 비명을 질러 방 안의 학생들이 깜짝 놀라 눈을 뜨게도 했다.

드디어 비올론느가 방에서 나가자 홍당무는 벌떡 몸을 일으켰다. 그리곤 마르소를 향해 힘껏 소리쳤다.

"변태! 변태!"

그러나 마르소는 일절 반응하지 않았다.

홍당무는 무릎으로 서서 마르소의 팔을 당겼다.

"안 들리니? 이 변태야!"

그래도 마르소는 반응을 하지 않았다. 홍당무는 더욱 약이 올랐다.

"다 봤어. 아주 잘 놀더라. 그 자식이 너한테 뽀뽀했지? 그러니까 넌 그 자식의 첩이야, 첩!"

홍당무는 약이 오른 거위처럼 목을 앞으로 내밀곤 두 주먹을 침대 위에 얹어 놓았다. 그래도 마르소는 모르는 척했다.

"그래서 어쩼다는 거야!"

그때 문 쪽에서 소리가 났다. 홍당무는 얼른 이불 속으로 기어들어 갔다. 방 반장이 들어온 것이었다.

2

"그래서 어쩔래!"

비올론느는 아주 당당하게 말했다.

"내가 마르소한테 뽀뽀했다고 해서 뭐 안 될 거 있냐? 이봐, 마르소, 너도 똑똑히 알아 둬. 난 나쁜 짓을 하지 않았어. 내가 네 이마에 뽀뽀를 한건 순수한 마음으로 한 거야. 홍당무 저 자식은 응큼하게 본 모양이지만 난 정말 아버지가 자식에게 하는 그런 뽀뽀를 한 거야. 너를 자식처럼, 아니면 동생처럼 사랑해서 말야. 내일이면 저 바보 같은 자식이 무슨 말을 퍼뜨릴지 모르겠지만 말야."

홍당무는 자는 척하며 비올론느의 말을 들었다. 비올론느의 목소리는 사방에 울려 퍼졌다. 홍당무는 계속 들어 보기로 했다.

마르소 역시 숨소리를 죽이고 비올론느의 말을 듣고 있었다. 비올론느 말이 틀리다고는 생각되지 않았지만 한편으로는 소문이 날까 두

려운 모양이었다.

비올론느는 되도록 목소리를 낮춰 이야기를 계속했다. 그래서 홍당무에게는 아주 애매하게 들렸다.

홍당무는 차마 가까이 갈 용기가 나지 않았다. 그래도 허리를 조금씩 조금씩 움직이며 가까이 다가갔다. 그러나 여전히 잘 들려지 않았다. 귀에 커다란 깔대기를 펼친 것처럼 한껏 신경을 곤두세웠지만 다 소용이 없었다.

비올론느는 계속 같은 말을 되풀이했다.

"정말 난 순수한 마음이었어. 그걸 저 바보 자식이 알 턱이 없지."

비올론느는 다시 마르소의 이마 위에 뽀뽀를 했다. 그리곤 붓으로 쓰다듬듯 짧은 수염 끝으로 이마를 부벼댔다.

홍당무는 비올론느가 그러는 것을 처음부터 끝까지 지켜보았다. 비올론느는 마르소의 침대에서 물러나 홍당무 쪽으로 다가왔다. 그의 한쪽 손이 어느 학생의 베개에 닿자 그 학생은 잠을 깨며 긴 한숨을 내쉬었다.

홍당무는 오랫동안 방 안의 동정을 살폈다. 갑자기 다시 비올론느가 돌아오면 어떻게 할까 걱정도 되었다.

마르소는 이불을 머리끝까지 뒤집어쓴 채 자는 척하고 있었다. 그러나 자고 있지 않다는 것을 홍당무는 잘 알고 있었다.

마르소는 걱정할 필요가 없다고 스스로에게 수없이 다짐했다. 그런데 이상하게도 눈만 감으면 비올론느의 모습이 생생하게 떠올랐다. 그것은 이제까지 꿈 속에서 자신을 흥분시켰던 여자들의 모습처럼 상냥하고 아리따웠다.

홍당무는 점점 잠에 빠져 들어갔다. 아무리 참아도 눈꺼풀에 풀을 붙인 듯 한번 감기면 좀체로 떨어지지 않았다. 그리하여 홍당무는 가스등의 심지에서 튀어나오는 작은 거품 같은 불빛을 세 개째 세다가 잠이 들고 말았다.

3

이튿날 아침 학생들은 모두 세면실에서 세수를 했다. 세수라야 수건 끝에 살짝 물만 묻쳐 광대뼈를 살짝 닦는 정도였지만.

홍당무는 수건으로 얼굴을 닦으며 심술궂은 표정으로 마르소를 쳐다보았다.

"변태, 이 변태야!"

홍당무는 잇사이로 아주 잔인하게 내뱉었다.

마르소의 얼굴이 대번에 시뻘개졌다.

"네가 생각하고 있는 그런 게 아냐."

마르소는 화를 내지 않고 오히려 애원하는 눈초리로 말했다.

방 감독이 손을 검사하기 시작했다. 학생들은 모두 두 줄로 서서 손을 내밀었다. 처음에는 손등을 보였고, 그 다음에는 재빠르게 뒤집어서 손바닥을 보이는 것이었다.

검사를 마치면 호주머니나 털 이불 밑의 미지근한 곳으로 손을 넣었다.

그런데 그날 따라 비올론느는 아주 까다롭게 검사를 했다. 특히 홍당무의 손이 깨끗하지 않다고 지적했다.

한 번 더 수도에 가서 씻고 오라는 말에 홍당무는 버럭 화를 냈다.

사실 홍당무의 손에는 푸르죽죽한 얼룩이 있었다. 그래도 홍당무는 손이 터서 그런 것이라고 우겨 댔다. 틀림없이 비올론느가 자신을 미

위해서 트집 잡는 것이라고 생각한 것이었다.

비올론느는 홍당무를 사감 선생에게 데리고 갔다.

항상 일찍 일어나는 사감 선생은 낡은 서재에 있었다. 상급생에게 가르칠 역사 수업을 준비하고 있었던 것이었다.

사감 선생은 탁자 덮개 위를 굵직한 손가락으로 꾹꾹 찌르면서 로마 제국의 몰락, 터키의 콘스탄티노플 점령 등을 정리했다. 언제 시작했는지, 또 언제 끝날지 모르는 일이었다.

옷은 헐렁한 실내복을 입고 있었는데, 수를 놓은 장식 끈이 가슴을 휘감고 있어 마치 둥근 기둥을 졸라맨 밧줄같이 보였다.

사감 선생의 과식하는 버릇은 기숙사 내에서도 유명했다. 그래서 그런지 살찐 얼굴에는 기름기가 번지르르했고, 이야기할 때마다 목둘레의 주름이 율동하듯 굽이쳤다. 거기에 커다란 눈과 콧수염이 희극적인 인상을 한층 더했다.

부인들에게도 거친 말투로 이야기한다는 그 사감 선생 앞에 홍당무가 서 있었다. 홍당무는 모자를 다리 사이에 끼우고 있었는데, 그것은 좀더 자유롭게 행동하기 위해서였다.

"무슨 일이냐?"

사감 선생은 대뜸 무서운 소리로 물었다.

"방 감독이 제 손이 더럽다며 보냈습니다. 하지만 그건 말짱 거짓말입니다."

홍당무는 맹세한다는 뜻으로 사감 앞에 손을 내밀어 보였다. 그리곤 손등과 손바닥을 뒤집어 가며 결백을 주장했다.

"거짓말이라고! 근신 사흘이다, 알겠나!"

사감 선생은 더 이상 볼 것이 없다는 듯 소리쳤다. 그러나 그대로 물러설 홍당무가 아니었다.

"방 감독은 절 미워하고 있습니다."

"뭐, 널 미워한다고? 근신 팔 일이다, 알겠나!"

홍당무는 익히 사감 선생의 사람됨을 알고 있었기에 별로 놀라지 않았다. 이 정도는 부드러운 편에 속했다. 따라서 홍당무는 어떠한 일이 있더라도 끝까지 맞설 생각이었다.

홍당무는 꼿꼿한 자세로 두 다리를 딱 붙이고 서서 따귀 한 대쯤은 맞을 각오를 했다.

사감 선생은 완강하게 반항하는 학생에게는 가차없이 뺨을 후려쳤다. 그렇지만 그것은 별로 악의 없는 일종의 버릇이었다. 그러한 것을 잘 알고 있는 학생들이기에 사감 선생의 따귀를 그대로 맞을 리 없었다.

사감 선생이 손바닥을 날리는 순간, 재빠르게 머리를 숙이는 것이었다. 그렇게 하면 사감 선생은 균형을 잃고 비틀거렸는데, 그때 학생들은 킥킥거렸다.

그래도 사감 선생은 노여워하지도 않았고 더 이상 손을 올리지 않았다. 아니, 정확하게 말하자면 다시 한 번 앙갚음을 하고자 손을 올리는 것을 선생의 위신상 허락하지 않았기 때문이었다. 다시 손을 올리게 되면 정확하게 공격을 해야 할 것이 아닌가. 그럴 자신이 없다면 아예 손을 올리지 않는 편이 훨씬 위신을 지키는 일이었다.

"선생님!"

홍당무는 대담하게 사감 선생을 불렀다.

"방 감독과 마르소가 이상한 짓을 하고 있습니다."

순간 사감 선생의 눈이 번쩍 빛났다. 그는 갑자기 날파리라도 뛰어든 것처럼 눈을 껌벅거렸다.

사감 선생은 두 주먹으로 탁자를 누르며 천천히 일어섰다. 홍당무의 가슴 한복판에 머리라도 부딪칠 만큼 허리를 굽힌 자세였다.

"무슨 짓을 하고 있다고?"

목구멍에서 짜내듯 사감 선생은 겨우 물었다.

홍당무는 당황했다. 이쯤에서 앙리 마르탱이 쓴 두툼한 책으로 얻어맞을 줄 알았는데 전혀 뜻밖의 반응이었기 때문이었다.

사감 선생은 홍당무를 뚫어지게 보며 대답을 기다렸다. 목의 주름살이 한 가닥도 남지 않고 한군데로 모여 두툼한 고리처럼 하나의 살 덩이로 되어 있었다. 그 위에 머리가 비스듬히 올려져 있었다.

홍당무는 잠시 망설였다. 적당한 말이 떠오르지 않았기 때문이었다. 시간은 자꾸 가는데 할 말은 없고, 홍당무는 곤란한 표정으로 다리 사이에 낀 모자를 보았다.

그러다 찌그러진 모자를 꺼내면서 몸을 한껏 움츠렸다. 그리곤 모자를 가만히 턱 밑까지 가져가 천천히 머리에 썼다. 마치 원숭이 같은 모습이었다.

4

그날 간단한 조사가 있은 뒤, 비올론느는 기숙사에서 쫓겨났다.

떠나기 전에 비올론느는 비장한 표정으로 학생들을 돌아보았다. 마치 장중한 의식이라도 치르는 듯했다.

"다시 돌아오겠다, 좀 쉬어야겠어."

비올론느는 그렇게 말했지만 아무도 그의 말을 믿지 않았다.

그 기숙사는 직원을 자주 갈아치웠다. 직원이 오래되면 곰팡이라도 필 것이라 생각하는 모양이었다. 방 감독도 벌써 여러 번 바뀌었다.

따라서 비올론느도 다른 감독과 마찬가지로 밀려난 것이었다.

그런데 뛰어난 인재일수록 버티는 기간이 짧았다. 그런 점에서 비올론느 역시 마찬가지였다. 그는 특히 학생들에게 인기가 많았다.

'그리스 어 연습장, 이름 ○○○'라는 노트 겉면에 제목을 쓰는 솜씨는 그를 따를 사람이 없었다.

그는 아무리 큰 글자라도 간판 글자처럼 멋지게 썼다. 그럴 때면 학생들은 책상 위를 모두 치우고 그의 주위에 몰려들었다. 그와 동시에 녹색 반지가 끼워진 그의 손은 종이 위를 매끈하게 휘돌려졌다.

페이지 밑에는 기분 내키는 대로 서명을 하였다. 때로는 잔잔한 물에 돌을 던졌을 때처럼, 규칙적이면서도 거침없는 선을 이루었다. 또 때로는 아름다운 선으로 이루어진 물결과 같은 소용돌이를 만들어 냈다. 이러한 물결과 소용돌이는 걸작품으로 꽃무늬 도장이 되었다.

그 꽃무늬는 구불구불 굽이쳐 도장 속으로 사라졌는데, 그 끝을 찾으려면 오랜 시간이 걸렸다. 물론 이것들은 모두 펜을 한 번도 떼지 않고 단숨에 그리는 것들이었다.

언젠가는 선을 복잡하게 이리저리 얽히도록 그려 놓고 송진 장식품이라는 이름을 붙이기도 하였다.

그런 그가 쫓겨났으니 학생들은 모두 슬플 수밖에 없었다. 모두들 사감 선생에게 따져야 한다고 했다. 뺨을 불룩하게 하여 입술로 '붕붕' 벌 소리를 내며 불만을 표시하자고 했다. 당장은 못 하더라도 언젠가 꼭 하자고 했다.

그러나 당장은 오직 슬퍼할 뿐이었다. 학생들의 그러한 심정을 알고 있는 비올론느는 보란 듯이 쉬는 시간에 떠났다.

트렁크를 짊어진 젊은 사환과 함께 운동장에 비올론느가 나타나자 학생들은 모두 우르르 달려나갔다.

비올론느는 그들과 일일이 악수를 했다. 때로는 얼굴을 가볍게 만지며 애정을 표현하기도 했다. 그러면서도 프록코트가 찢어지지 않도록 애써 앞자락을 당기곤 했다.

철봉에 매달려 있던 몇몇 학생들은 공중 회전을 멈추고 달려오기도 했다. 그들은 입을 벌린 채 땀을 뻘뻘 흘리고 있었다.

운동장 안을 얌전하게 걷던 아이들은 그냥 손을 흔들어 작별 인사를 대신했다.

사환이 무거운 트렁크를 든 채 비올론느와 사이를 벌려 멀찌감치 서 있었다. 이것을 보고 한 학생이 지저분한 손을 들어 사환의 흰옷에 얼른 문댔다.

마르소의 뺨은 그림 물감으로 칠한 것처럼 빨갛게 물들어 있었다. 마르소는 생전 처음으로 괴로움이라는 것을 느꼈다. 그는 비올론느에게서 흔히 사촌 여동생이 느끼는 정도의 감정을 느꼈다. 따라서 비올론느가 떠나는 것이 그렇게 아쉬울 수가 없었다.

그러나 너무 가슴이 울렁거려 뚝 떨어진 채 수줍은 모습으로 서 있었다. 비올론느는 그러한 마르소에게 뚜벅뚜벅 걸어갔다. 바로 그때 '와장창' 유리창 깨지는 소리가 났다.

학생들은 모두 소리나는 쪽을 돌아보았다. 그곳에는 홍당무가 천연덕스러운 표정으로 서 있었다.

홍당무는 마치 울 안에 갇힌 야수와도 같이 잔뜩 인상을 쓰고 있었다. 긴 머리카락을 휘날리며 이를 온통 드러낸 채.

홍당무는 오른쪽 주먹을 삐죽삐죽한 유리 조각 사이로 내밀고 있었다. 주먹은 이미 피투성이가 되어 있었다.

"이 바보 같은 꼬마 자식아!"

비올론느가 먼저 소리쳤다.

"이제 속이 시원하냐?"

"아니!"

홍당무가 맞받아 쳤다. 유리창을 한 장 더 깨면서,

"왜 그 녀석한테만 뽀뽀하고 나한텐 안 한 거야!"

그리고는 피가 흐르는 손을 얼굴에 문질렀다.

"이렇게 하면 나도 붉은 뺨이 되는데!"

이

LES POUX

방학이 되어 홍당무는 훼릭스 형과 함께 집으로 돌아왔다.

집에 들어서는 즉시 르픽 부인은 바로 발을 씻게 했다. 기숙사에서는 석 달 동안 한 번도 발을 씻기지 않기 때문이었다. 기숙사 규칙에는 발을 씻는 것이 없었다.

"보나마나 새까맣겠지, 홍당무?"

르픽 부인이 홍당무를 보곤 날카롭게 물었다. 홍당무는 주춤거리며 양말을 벗었다.

과연 르픽 부인의 말대로였다.

홍당무의 발은 언제나 훼릭스 형의 발보다 까맸다. 홍당무는 그 이유를 알 수 없었다. 같은 환경에서 같은 생활을 하는데 어떻게 그럴 수가 있을까. 물론 훼릭스 형의 발도 깨끗한 것은 아니었다. 그러나 홍당무의 발에 비하면 그런 대로 봐줄 만한 정도였다.

홍당무는 부끄러워서 잽싸게 물 속에 발을 집어넣었다. 언제 양말을 벗었는지, 먼저 양동이 바닥을 차지하고 있는 훼릭스 형의 다리 사이로 언제 끼어 들었는지 모를 정도였다.

홍당무와 훼릭스 형은 양쪽 발을 서로 문지르며 때를 벗겼다. 그러자 금방 물위로 땟물이 헝겊 조각처럼 떠올랐다.

르픽 씨는 여느 때처럼 방 안을 오락가락하고 있었다. 홍당무와 훼릭스 형의 성적표를 읽고 있는 중이었다. 특히 교장 선생이 직접 쓴 소견서는 몇 번이나 되풀이하여 읽었다.

"경솔하지만 머리가 좋아 우수한 성적이 기대됩니다."

훼릭스 형에 대한 소견서였다. 또 홍당무에 대해서는,

"하겠다는 의지만 있으면 뛰어난 성적이 기대됩니다. 그러나 그 의지가 잘 나타나지 않습니다."

그와 같았다.

홍당무에게 뛰어난 성적이 기대된다니, 가족들은 뜻밖인 모양이었다. 그래서 서로 마주 보며 어이없다는 듯이 웃었다.

그러는 동안에도 홍당무는 물 속에 담근 두 다리 위에 팔을 괴고는 가만히 앉아 있었다. 식구 모두가 자신을 보고 있다는 사실이 부끄러웠던 것이다.

홍당무의 검붉은 머리카락은 길게 자라 추해 보였다.

르픽 씨는 워낙 감정 표현에 서툰 사람이라서 오랜만에 만난 아들들에게도 선뜻 반가움을 나타내지 못했다. 그저 장난으로 슬쩍 기쁨을 나타낼 뿐이었다.

그리하여 홍당무가 지나갈 때 손가락으로 귀를 한 번 툭 퉁겼다.

또 돌아올 때는 팔꿈치로 툭 쳤다. 그러자 홍당무는 깔깔 웃었다.

마침내 르픽 씨는 홍당무의 더벅머리에 손을 쑤셔 넣고 손톱으로 탁탁 퉁겼다.

그런데 손을 빼 보니 손톱에 이가 한 마리 죽어 있었다.

"이 녀석 좀 보게, 머리에 이가 있네!"

르픽 씨는 손가락을 들어 보이며 소리쳤다.

"세상에!"

르픽 씨는 홍당무의 머리카락에 손톱을 문지르며 조금 언짢은 표정을 지었다. 그러자 르픽 부인이 얼굴을 잔뜩 구긴 채 홍당무에게로 왔다.

"내 이럴 줄 알았다니까!"

르픽 부인은 어처구니없다는 표정이었다.

"넌 어쩜 이렇게 머리에서부터 발끝까지 더럽기만 하니! 에르네스틴느야, 가서 대야 좀 가져오너라. 네 일거리가 생겼다!"

르픽 부인의 성화에 에르네스틴느 누나는 당장 대야와 참빗과 식초를 가져왔다. 본격적으로 이 사냥을 벌일 모양이었다.

"내 머리부터 빗겨 줘!"

훼릭스 형이 소리쳤다.

"나도 홍당무 저 자식한테 옮았을 거야."

훼릭스 형은 손가락으로 미친 듯이 머리를 긁어 댔다.

"에르네스틴느, 양동이에 물 좀 가져와. 아무래도 머리를 통째로 담가야겠어."

"좀 조용히 해, 오빠!"

에르네스틴느 누나가 소리쳤다. 그러나 워낙 시중들기를 좋아하는 성격이라 생글생글 웃으며 양동이에 물을 퍼 왔다.

"아프지 않게 해 줄게."

에르네스틴느 누나는 어머니처럼 차분하게 훼릭스 형의 목에 수건을 둘러 주었다. 그리곤 한 손으로는 머리를 헤치며 다른 손으로는 살며시 빗겨 갔다. 전혀 비웃거나 무서워하는 빛이 없었다.

"여기 또 한 마리!"

에르네스틴느 누나가 이를 찾아 낼 때마다 훼릭스 형은 양동이 속에서 발을 구르며 홍당무를 주먹으로 쳤다. 그러는 동안에도 홍당무는 조용히 차례를 기다렸다.

"다 됐어."

에르네스틴느가 훼릭스 형의 머리를 치우며 말했다.

"오빤 일곱 마린가 여덟 마리밖에 없었어. 홍당무는 얼마나 될지 모르겠네."

에르네스틴느 누나는 홍당무의 머리를 끌어당겼다. 그런데 에르네스틴느 누나가 빗을 대자마자 홍당무의 머리에서는 이가 우수수 떨어져 나왔다. 마치 집을 지은 것처럼 머리 속이 온통 이 천지였던 것이다.

에르네스틴느 누나는 신이 나서 열심히 빗질을 했다.

나머지 가족들은 모두 홍당무를 둘러쌌다. 르픽 씨는 뒷짐을 지고 구경꾼처럼 보고 있었으며 르픽 부인은 기가 막히다는 듯이 소리를 질렀다.

"서런 세상에, 아예 삽과 살귀를 가져와야겠구나!"

훼릭스 형은 홍당무 밑에 몸을 굽히고 앉아 대야에 떨어지는 이를 받아 냈다.

이는 비듬에 섞여 떨어졌다. 떨어진 뒤에도 잘린 속눈썹처럼 가느다란 다리를 꼼지락거리는 것이 똑똑히 보였다. 그러다 훼릭스 형이 대야를 흔들면 물결에 따라 이리 밀리다 저리 밀리다 끝내는 식초의 산성 기운에 의해 죽어 갔다.

르픽 부인　우린 네가 무슨 배짱으로 이랬는지 알 수가 없구나. 그 나이에 부끄럽지도 않니? 시커먼 발은 그래도 봐줄 수 있다 치자. 발이 더럽다고 불편한 건 아니니까. 하지만 이는 물어뜯잖니. 가렵지도 않았니? 선생님한테 부탁해서 좀 잡아 달란 소릴 왜 못 하니? 그러고도 집에까지 와서 시치미 뚝 떼고 있다니. 그래, 산 채로 이한테 뜯어먹히니 좋니? 봐라, 더벅머리 속이 온통 피투성이구나.

홍당무　피는 빗에 긁혀서 그런 거예요.

르픽 부인　뭐, 빗에 긁혀서 그런 거라고! 그게 누나한테 하는 고맙다는 인사냐? 에르네스틴느야, 이 어른은 성미가 아주 까다로우시구나. 이발사한테 까탈을 부리다니. 당장 그만 두거라. 지가 좋아서 하는 고생이니 이한테 잡아먹히든지 말든지 맘대로 하라고.

에르네스틴느　안 그래도 그만 하려고 했어요. 우선 큰 건 다 잡았으니 내일 다시 한 번 보죠. 하지만 먼저 오데코롱이라도 좀 뿌려 둬야겠어요.

르픽 부인　대야를 마당 담 위에 올려놓아라. 마을 사람들이 다 봐야 부끄러운 줄 알지.

　홍당무는 르픽 부인이 시키는 대로 대야를 들고 마당으로 나왔다. 그리곤 무심히 내려다보았다.

　그때 마리 나넷드 할머니가 다가왔다. 홍당무를 볼 때마다 심술궂은 눈으로 보는 할머니였다.

　"그게 뭐냐?"

마리 나넷드 할머니가 검은 모자를 흔들며 물어 보았다.

홍당무는 대답하지 않았다. 그러자 할머니는 한층 고개를 깊이 숙이며 대야 속을 보았다.

"팥이냐? 눈이 어두워서 잘 안 보이네. 우리 아들 피에르가 안경을 사다 주면 좋으련만."

마리 나넷드 할머니는 손가락으로 이를 만지며 말했다. 맛을 보려고 입으로 가져가기도 했다.

"그런데 넌 예서 뭘 하는 게냐? 잔뜩 부어 가지고 눈을 게슴츠레 뜬 채 말이다. 야단맞고 벌서고 있는 게냐? 난 네 할머닌 아니지만 얘야, 난 네가 가엾다. 식구들이 자꾸 널 못살게 굴지?"

홍당무는 얼른 주위를 살펴보았다. 아무 소리가 없는 것으로 보아 르픽 부인이 마리 나넷드 할머니 말을 듣지 않는 것이 분명했다.

"그래서 어쨌단 말예요? 할머니완 아무 상관없는 일 아녜요? 할머닌 할머니 일이나 걱정하세요. 내 일엔 상관 말고."

부루터스처럼

르픽 씨   홍당무야, 넌 아빠가 기대했던 만큼 공부를 안 했더구나. 성적표에 좀더 잘할 수 있을 거라고 쓰여 있으니 말이다. 넌 엉뚱한 공상에 잠겨 읽어서는 안 될 책을 읽는 모양인데 그러면 안 돼. 기억력이 좋아서 시험은 잘 보지만 숙제는 잘 안 하고 있잖니. 앞으론 뭐든 좀더 열심히 하도록 해라.

홍당무   아빠 말씀대로 작년엔 제가 좀 게으름을 피웠어요. 하지만 올해는 열심히 할 거예요. 전 과목을 다 일등할 자신은 없지만요.

르픽 씨   그래, 아무튼 열심히 해라.

홍당무   너무 큰 기대는 하지 마세요. 지리와 독일어와 물리, 화학은 자신없거든요. 또 그건 잘하는 녀석들이 두세 명 있어요. 그 애들은 다른 과목은 형편없으면서 그것만 잘해요. 하지만 글짓기는 일등을 할 생각이에요. 앞으로도 그건 절대로 일등 자리를 놓치지 않을 거예요. 하지만 일등을 못 하더라도 나무라진 마세요. 전 부루터스처럼 자랑스레 외칠 거니까요. "오오 미덕이여, 넌 한낱 이름뿐이로다!"라고 말예요.

르픽 씨   홍당무야, 넌 틀림없이 모두를 휘어잡을 거다.

훼릭스 형   아빠, 홍당무가 방금 뭐랬어요?

에르네스틴느 누나   나도 못 들었어.

르픽 부인   나도 못 들었는데. 다시 한 번 말해 보렴.

홍당무   아무것도 아닌데요.

르픽 부인   아무 말도 안 했다고? 너 방금 우쭐대며 뭐라 한참 말하지 않았니? 얼굴을 붉히고 주먹까지 휘두르며. 그 말을 한 번 더 해보란 말야. 그럴듯한 말 같은데.

홍당무   그렇지 않아요.

르픽 부인   천만에, 넌 분명히 누군가의 이름을 말했어. 그게 누구지?

홍당무   엄만 모르는 사람이에요.

르픽 부인   그렇다면 더 듣고 싶구나. 자, 똑똑한 척은 그만하고.

홍당무   그렇다면 말하겠어요. 아빠와 이야기를 하는데, 아빠가 제게 친절한 충고를 해 주셨어요. 그래서 전 문득 어떤 사람이 떠올랐어요. 그래서 아빠한테 고맙다는 표시로 부루터스라는 로마 사람처럼 미덕에 호소한 거예요.

르픽 부인   시시하게 그러지 말고, 아까 말한 그대로 해보라니까. 한 구절도 빼놓지 말고 말이다. 내가 페루를 달라는 것도 아닌데, 그 정도는 엄마한테 해줄 수 있잖니?

훼릭스 형　내가 해볼까요?

르픽 부인　홍당무가 먼저 하면 해라. 그래야 양쪽을 비교하지.

홍당무　(울음 섞인 목소리로) 미, 미, 미덕이란 한낱 이름에 불과하도
　다.

르픽 부인　무슨 말인지 하나도 모르겠다. 그래서는 엄마를 기쁘게
　하기는커녕 얻어맞겠다.

훼릭스 형　엄마, 이렇게 말한 거예요. (눈을 동그랗게 뜨고 모두를 보
　며) 내가 만약 글짓기에서 일등을 못 한다면 (볼을 잔뜩 부풀리고 발
　을 구르면서) 나는 부루터스처럼 외칠 것이다. (두 팔을 높이 쳐들며)
　오오, 미덕이여, (들었던 팔을 허벅지에 탁 내리며) 너는 한낱 이름뿐
　이로다! 이렇게 말예요.

르픽 부인　잘했다, 잘했어. 정말 근사하구나. 홍당무 축하한다. 하지
　만 남을 흉내내는 일을 진짜와 비교할 순 없지. 그런 만큼 난 네가
　고집 부린 게 못마땅하다.

훼릭스 형　그런데 홍당무야, 그렇게 말한 게 정말 부루터스였어? 카
　토가 아니니?

홍당무　틀림없이 부루터스였어. 그렇게 말하고 그는 친구가 내민
　칼에 몸을 던져 죽었어.

에르네스틴느 누나　홍당무 말이 맞아. 나도 이제 생각나. 부루터스
　는 미치광이 흉내도 내고 지팡이 속에 황금을 숨기기도 했어.

홍당무　그게 아냐. 누난 지금 내가 말한 부루터스와 다른 부루터스
　를 혼동하고 있는 거야. 그래서 얘기가 뒤죽박죽이 됐잖아.

에르네스틴느 누나　그러니? 하지만 소피 선생님 역사 강의는 절대
　네 중학교 선생님보다 뒤지지 않아.

르픽 부인　아무려면 어떠냐. 이제 싸움은 그만두거라. 중요한 것은

우리 집에도 부루터스가 한 사람 필요하다는 거다. 그런데 마침 여기 이렇게 있구나. 홍당무 덕에 사람들이 우리를 얼마나 부러워할까! 이제까지는 그런 명예에 대해서는 생각해 보지도 않았었는데. 자, 모두들 새로운 부루터스를 존경하거라. 주교님은 라틴 어로 말씀하시면서도 절대 두 번 되풀이해서 설교하시진 않는단다. 설사 귀머거리가 있다 해도 말이다. 홍당무, 뒤를 돌아봐라. 아침에 갈아 입은 옷인데 아랫도리가 찢어져 있구나. 앞에도 얼룩이 졌고. 오오, 하나님, 도대체 저 앤 어디에 틀어박혀 있다 왔을까요? 저 부루터스 홍당무의 괴상한 모습을 좀 보세요. 정말 감당할 수 없는 말썽꾸러기랍니다!

홍당무가 르픽 씨에게 보내는 편지
(르픽 씨가 홍당무에게 보내는 답장)

홍당무가 르픽 씨에게

상 마르크 기숙사에서

아빠

방학 동안 고기잡이했던 것이 자꾸 생각나요. 얼마나 즐거웠던지 그것만 생각하면 온몸이 근질근질해질 정도랍니다.

허벅다리에 큰 종기가 났어요. 그래서 지금 전 자리에 누워 있어요. 반듯이 누운 채로 있으면 간호사가 찜질을 해줘요. 종기는 터질 때까지는 몹시 아프지만 일단 터지고 나면 아주 깨끗하게 아물곤 해요.

그런데 하나가 나으면 다시 세 개가 생기는 형편이에요. 마치 병아리가 불어나듯 말예요. 하지만 대수롭게 생각하지는 않아요.

홍당무 올림

르픽 씨의 답장

홍당무야

너는 첫 영성체를 앞두고 교리문답을 배우고 있으니 종기로 고통받은 사람이 너뿐만이 아니라는 것을 잘 알게다.

예수 그리스도는 두 손과 두 발을 못으로 박혔지만 아무 불평도 하지 않았잖니. 더구나 그 못은 종기보다 훨씬 강한 것이었단다.

기운을 내라.

너를 사랑하는 아빠로부터

홍당무가 르픽 씨에게

아빠

기쁜 소식을 알려 드릴게요. 어금니 한 개가 또 났어요. 아직 나이는 안 됐지만 이건 분명히 사랑니예요. 그러나 전 이것으로 만족하지 않아요.

열심히 공부하여 아빠를 만족시켜 드릴 생각이에요.

홍당무 올림

르픽 씨의 답장

홍당무야

네 사랑니가 나올 즈음 아빠는 이가 흔들리고 있었단다. 그러다 오늘 마침내 빠지고 말았구나.

아마 네 이가 한 개 새로 나면 아빠 이는 한 개 빠질 모양이다. 그러니까 우리 가족의 이는 항상 같은 개수로구나.

너를 사랑하는 아빠로부터

홍당무가 르픽 씨에게

아빠

한번 상상해 보세요. 어제는 우리 라틴 어 선생님이신 자크 선생님 생일이었어요. 그래서 우리는 축하 인사를 할 반대표를 뽑기로 했답니다. 그런데 제가 만장일치로 뽑힌 거예요.

전 너무도 영광스러워 아주 긴 연설문을 준비했답니다. 라틴 어도 적당히 섞어서 말예요.

연설문은 제가 읽어도 썩 잘된 듯싶었어요. 그래서 전 그것을 다시 큼직한 양면 괘지에 깨끗하게 정서했어요.

이윽고 연설문을 읽게 되었을 때, 친구들은 "빨리 해, 빨리!" 하고 재촉했답니다. 그래서 전 자크 선생님이 잠깐 한눈파는 사이에 얼른 교단으로 나갔어요.

"존경하는 선생님!"

막 연설문을 펼치고 읽기 시작하는 순간이었어요. 그때 자크 선생님이 벌떡 일어나셨어요.

"당장 자리로 돌아가지 못할까!"

아빠, 제가 어떻게 자리로 돌아갔는지 상상하시겠어요? 친구들은 모두 책으로 얼굴을 가리고 있었어요.

"연습 문제 번역해 봐."

자크 선생님은 화를 내며 제게 큰 소리로 명령하셨어요.

아빠, 이 일을 어떻게 생각하세요?

르픽 씨의 답장

홍당무야

먼저, 네가 장래 국회의원이 된다면 그런 일을 많이 당할 것이란 사실을 명심해라.

사람에게는 저마다 구실이 있는 법이다. 선생님이 교단에 서는 것은 연설을 하기 위해서지, 결코 네 연설을 듣기 위해서는 아니란다.

홍당무가 르픽 씨에게

아빠

지금 막 그 토끼를 지리와 역사를 가르치시는 르그리 선생님께 갖다 드렸어요. 선생님은 선물을 받고 무척 기뻐하셨어요. 아빠한테 감사하다는 말을 꼭 전해 달라고 하셨어요.

제가 젖은 우산을 그대로 들고 들어갔더니 손수 그것을 현관으로 가져다 놓으시더니 여러 가지 이야기를 해 주셨어요. 르그리 선생님은 제가 마음만 먹으면 학년말에는 틀림없이 일등을 할 거래요.

하지만 아빠, 이해되지 않는 일이 있었어요. 르그리 선생님과 이야기하는 동안 전 계속 서 있었어요. 전에도 말했듯이 르그리 선생님은 퍽 친절하신 분인데 어째서 제게 의자를 권하지 않았을까요?

선생님이 잊으신 걸까요, 아니면 예의를 몰라서 그런 걸까요?

저로선 도저히 이해가 되지 않아요. 아빠 생각은 어떠세요?

르픽 씨의 답장

홍당무야

넌 항상 불평만 하고 있구나. 자크 선생님이 자리로 돌아가라고 했다고 투덜거리고, 르그리 선생님이 세워 두었다고 또 투덜거리니 말이다.

넌 아직 어리기 때문에 모든 면에서 완벽한 대접을 받기는 힘들단다. 그러니까 르그리 선생님이 네게 앉으라고 하지 않았다 해도 이러쿵저러쿵 해서는 안 된단다.

아빠 생각에는 아마 네가 작아서 벌써 의자에 앉았으리라 착각하신 것 같구나.

홍당무가 르픽 씨에게

아빠

파리에 가신다고요? 저도 가고 싶어요. 저는 아직 파리에 한 번도 가본 적이 없어요. 그래서 꼭 가고 싶어요. 하지만 이번에는 마음만 따라가겠어요. 학교 공부 때문에 못 간다는 것을 저 스스로 너무나 잘 알고 있기 때문이에요.

그런데 부탁드릴 게 있어요. 책 좀 사다 주세요. 지금 갖고 있는 책은 모두 외워 버렸어요. 그러니까 아무 책이라도 좋으니 아빠가 알아서 사다 주세요. 그 동안 많은 책을 읽어 보았지만, 책이란 것은 모두 비슷비슷하다는 생각이에요.

하지만 특별히 갖고 싶은 책이 있어요. 바로 후랑소아 마리 아루에 드 볼테르의 ≪앙리아드≫와 장자크 루소의 ≪누벨르엘로이즈≫예요.

아빠가 이 책을 사다 주셔도 방 감독에게 빼앗기는 일은 없을 거예요. 파리에서는 책값이 아주 싸다면서요?

르픽 씨의 답장

홍당무야

편지에 써서 보낸 작가 역시 너나 아빠와 다름없는 인간이란다. 그 사람들이 할 수 있는 일이라면 너 역시 할 수 있단다. 너도 책을 한번 써 보는 게 어떻겠니?

르픽 씨가 홍당무에게

홍당무야

오늘 아침에 네 편지를 받고 깜짝 놀랐다. 몇 번이나 되풀이해서 읽어 봤지만 도대체 뭐가 뭔지 도통 모르겠구나

우선 문장도 여느 때와는 다르고 내용도 괴상망측하여 너나 아빠와는 전혀 상관없는 내용이라고 여겨지는데……

넌 항상 온갖 일들을 알려 주지 않았니. 성적이라던가, 속옷이 헤어졌다던가, 잘 잤다던가, 못 잤다던가, 식욕이 없다던가 등등 말이다.

아빠가 읽고 싶은 것은 바로 그런 내용이란다. 그런데 오늘 편지는 도무지 무슨 뜻인지 알 수가 없구나.

도대체 왜 한겨울에 봄 이야기를 쓴 거냐? 무슨 특별한 뜻이라도 있냐? 목도리가 필요하다는 말이냐? 날짜도 없고, 내게 부친 것인지 아니면 개한테 부친 것인지 그것도 알 수 없구나.

글씨체도 여느 때와는 다르고 행수라든가 그 많은 대문자 등, 아빠로선 모두지 알 수가 없구나. 혹시 아빠를 놀릴 생각이었니? 만약 그렇다면 놀림 받을 사람은 네 자신인 것 같구나.

하지만 아빤 널 크게 나무랄 생각은 없다. 다만 주의를 줄 뿐이지.

홍당무의 답장

아빠

지난번 편지에 대해 먼저 말씀드릴게요. 잘 모르신 모양인데, 사실 그것은 '시'였어요.

헛 간

LE TOITON

그 동안 르픽 씨네 헛간은 닭이나 토끼, 돼지 등을 키우는 데 사용해 왔다. 그러나 지금은 텅 비어 있어 홍당무는 여름 방학 동안 자신이 헛간의 주인이 되기로 했다.

홍당무는 아주 쉽게 헛간으로 들어갔다. 문이 없기 때문이었다. 대신 가느다란 우르티 풀이 우거져 입구를 가로막고 있었다 홍당무가 엎드리면 꼭 숲처럼 보일 정도였다.

벽을 쌓은 돌들은 습기로 번지르르하게 빛나고 있었다. 천장은 홍당무가 일어서면 머리가 닿을 정도였다. 그래도 홍당무는 그곳에 있을 때가 가장 편했다. 마음껏 공상에 빠져들 수 있기 때문이었다.

홍당무가 가장 즐기는 놀이는 헛간의 네 귀퉁이를 엉덩이로 파는 일이었다. 먼지를 긁어모아 엉덩이와 둥지 사이의 빈곳에 메워 넣고 그곳에 움푹 들어앉는 것이었다. 그렇게 하면 몸이 아주 작게 접어졌다. 아마 그보다 더 작게 앉는 방법은 없을 것이었다.

그렇게 벽에 등을 기대고 앉아 다리를 오므린 채 손으로 무릎을 끌어안고 있으면 참으로 아늑했다. 세상의 모든 일이 잊혀지는 기분이었다. 모든 두려움도 사라졌다. 이따금씩 내리치는 천둥 번개만 없다면 마음이 흩어질 이유가 하나도 없었다.

어느 때는 그릇 씻은 물이 바로 옆 수채 구멍을 통해 쏴아쏴아 흘러내릴 때도 있었다. 또 어느 때는 손 씻은 물이 졸졸졸 흘러내릴 때도 있었다. 그럴 때는 시원함을 느꼈다.

갑자기 르픽 부인의 목소리가 들려 왔다. 홍당무를 찾는 모양이었다. 부인의 목소리는 점점 가까워져 왔다.

"홍당무야, 홍당무야! 어디 있니!"

홍당무는 몸을 더욱 작게 웅크렸다. 그때 갑자기 헛간 지붕으로 르픽 부인의 머리가 나타났다.

홍당무는 땅바닥과 벽 사이로 몸을 숨긴 채 가만히 숨을 죽였다. 눈동자까지 고정시킨 상태였다.

"홍당무, 거기 없니?"

두 개의 눈이 어둠 속을 살피며 물었다. 홍당무는 더럭 겁이 났다. 얼마나 무서웠는지 관자놀이가 벌떡거려 하마터면 소리를 지를 뻔했다.

"여기도 없네. 도대체 그 말썽꾸러기가 어딜 간 거지?"

르픽 부인이 머리를 들어올리며 중얼거렸다. 홍당무는 비로소 긴장이 풀리며 동시에 몸도 풀어졌다.

홍당무는 다시 공상의 세계로 빠져 들어갔다. 그때 천장에서 푸드

득거리는 소리가 들려 왔다. 날파리 한 마리가 거미줄에 걸린 것이었다.

거미는 먹이가 걸려들자 바로 줄을 따라 미끄러지듯 내려왔다. 그러다가 불안한 듯 잠깐 몸을 웅크렸다. 빵 속처럼 배가 흰 거미였다.

홍당무는 엉덩이를 살짝 들고 거미의 동정을 살폈다. 거미가 날파리를 포획하는 모습을 지켜볼 셈이었다.

이윽고 거미가 날파리에게 달려들었다. 거미는 바로 별 모양의 다리를 오므리며 먹이를 죄기 시작했다. 그때 홍당무가 벌떡 일어섰다. 그러나 그뿐이었다. 더 이상 아무 짓도 하지 않았다.

거미는 다시 위로 돌아가고, 홍당무는 다시 제자리에 앉았다.

고양이

LE CHAT

1

언제인가 홍당무는 이런 이야기를 들었다—가재를 잡는 데는 고양이고기만큼 좋은 것이 없다고. 그것은 닭의 내장보다도, 소나 돼지고기보다도 훨씬 좋다고.

마침 홍당무는 고양이 한 마리를 알고 있었다. 늙고 병들어 여기저기 털이 숭숭 빠지고 아무도 상대하지 않는 고양이었다.

홍당무는 우유 한 잔으로 고양이를 헛간으로 끌어들였다. 헛간에는 아무도 오지 않기 때문에 마음대로 끌어들일 수가 있었던 것이다. 혹시 위험을 무릅쓰고 들어올 생쥐가 있을지 모르겠지만.

홍당무는 우유잔을 헛간 구석에 밀어 놓았다.

"자, 실컷 먹어."

홍당무는 고양이를 우유잔 쪽으로 떠밀며 말했다. 그리곤 등을 쓸어 주기도 하고 다정하게 부르기도 하였다.

고양이는 혓바닥을 재빠르게 움직이며 우유를 먹기 시작했다.

"가엾은 녀석, 얼마 남지 않은 목숨이나마 살아 있을 때 실컷 즐겨라."

홍당무는 고양이가 어쩐지 측은했다.

고양이는 우유를 바닥까지 깨끗이 핥아먹었다. 뿐만 아니라 가장자리와 바닥에 흘린 것까지 샅샅이 핥았다.

"벌써 다 먹었어? 배불러?"

홍당무는 연거푸 물으며 등을 쓰다듬어 주었다.

"한 잔 더 먹고 싶은 모양인데 이것밖에는 없어."

그러면서 엽총을 고양이 옆구리에 갖다 대었다.

"조금 빠르거나 늦을 뿐이지 결과는 마찬가지야."

방아쇠를 당기는 순간, 홍당무는 정신이 아찔했다. 총소리에 헛간까지 날아가는 듯싶었던 것이다.

연기가 가신 뒤에 보니 고양이는 눈 한쪽을 뜨고 있었다. 그 눈으로 홍당무를 쏘아보았다. 머리의 절반은 어디로 날아가고 없었다. 그 날아난 머리에서 쏟아지는 피가 우유잔으로 흘러들어가고 있었다.

"죽지 않은 모양이지?"

홍당무는 고양이를 보며 중얼거렸다.

"정확하게 겨눴어야 했는데."

홍당무는 아무래도 노랗게 빛나고 있는 고양이의 한쪽 눈이 불안

했다. 그리하여 한참을 지켜보고 있는데, 어느 순간 고양이가 몸을 부르르 떨었다. 그러나 달아날 기색은 없었다. 피는 한 방울도 다른 데로 새지 않고 우유잔 안으로만 흘러 들어갔다.

그렇다고 기가 죽을 홍당무가 아니었다. 이제까지 수없이 짐승을 죽인 경험이 있는데 고양이 한 마리 정도는 아무것도 아니었다. 들새는 물론 개를 죽인 적도 있었다. 대부분 장난삼아 한 것이나 다른 사람을 돕기 위해 한 적도 있었다.

그러므로 홍당무는 짐승을 죽이는 요령을 잘 알고 있었다. 좀처럼 죽지 않을 때에는 재빨리 처치해야 한다는 것도 알고 있었다. 용기를 내어서 거칠게, 필요하다면 맞서 싸울 각오도 해야 했다. 그렇지 않으면 쓸데없는 동정심이 생겨 일을 그르치고 만다. 그러면 겁쟁이가 되는 동시에, 일을 마무리하지도 못하는 것이다.

홍당무는 조심스럽게 고양이를 건드려 보았다. 그러다 꼬리를 잡고 총의 개머리판으로 목덜미를 내리쳤다. 내리칠 때마다 마지막이다 생각하고 힘껏 내리쳤다.

고양이는 죽어 가며 미친 듯이 다리로 허공을 긁었다. 동그랗게 몸을 움츠리는가 하면 다시 몸을 쭉 뻗기도 했다. 그러나 결코 소리를 내지는 않았다.

"대체 누구야 고양이는 죽을 때 운다고 한 사람이?"

홍당무는 여간해서 죽지 않는 고양이를 보며 중얼거렸다.

그러다 갑자기 엽총을 내던지고 고양이를 끌어안았다. 고양이가 안타까울 정도로 죽지 않았기 때문이었다.

홍당무는 고양이 발톱에 긁히면서 이를 악물고 세게 고양이의 목을 졸랐다. 어느새 홍당무의 목에는 핏줄이 불끈 세워졌다.

마침내 고양이가 죽고, 홍당무 역시 기진맥진하여 땅바닥에 털썩

쓰러져 버렸다. 그리하여 홍당무는 고양이와 마주 보게 되었다. 서로 얼굴을 맞댄 채.

2

홍당무는 침대에 누워 있었다.

르픽 부인과 연락을 받고 급히 달려온 몇몇 이웃들이 헛간 주위에 있었다. 그들은 헛간의 낮은 천장 위에서 허리를 구부린 채 홍당무와 고양이 사이에 일어난 사건의 현장을 살펴보고 있다.

"대체 무슨 일이에요?"

한 이웃이 근심스러운 표정으로 물어 보았다.

"글쎄 말예요. 자기가 죽인 고양이를 그렇게 꼭 껴안다니, 그걸 떼 내는데 얼마나 힘이 들던지요. 나도 그렇게 힘껏 껴안은 적이 없었다 니까요."

르픽 부인은 홍당무의 기이한 행동을 자세하게 설명했다. 먼 뒷날 까지 가족 간의 이야깃거리로 전해지도록.

그러는 사이에 홍당무는 꿈을 꾸고 있었다. 르픽 부인의 말소리가 꿈결 속에 들렸지만 의식은 한없이 먼 곳으로만 치달았다.

홍당무는 냇가를 따라 거닐었다. 이런 경우 으레 그런 것처럼, 달빛 이 갈래져 흔들리며 시로 읽혔다가 풀어시곤 했나. 사새 삽은 그눌 위에는 고양이 살덩이 몇 점이 맑디맑은 물에 비치고 있었다.

목장에는 짙은 안개가 깔리며 곧 유령이라도 나타날 듯 음산한 기 운이 퍼지고 있었다. 홍당무는 뒷짐을 진 채 조금도 무섭지 않다는 시늉을 했다.

그때 홍당무 앞으로 소가 한 마리 다가왔다. 소는 '음매' 하고 크게 울부짖더니 쏜살같이 달아나기 시작했다. 발굽 소리가 하늘에 울려 퍼지더니 소는 곧 자취를 감추었다.

소가 사라지고 나자 시냇물 소리 외에는 아무 소리도 들리지 않았다. 홍당무는 그 시냇물 소리가 듣기 싫었다. 마치 할머니들이 여럿 모여 수다를 떠는 것 같았다.

홍당무는 그물 막대기를 들었다. 냅다 냇물을 후려 갈길 생각이었다. 그런데 막대기를 들어올리자 우거진 갈대밭 사이에서 엄청나게 큰 가재가 여러 마리 딸려 나오고 있었다.

가재는 끝없이 딸려 나왔다. 곧추서서 등짝을 번들거리며 막대기 끝에 매달려 계속 나왔다.

홍당무는 몸이 너무 무거워서 달아날 수가 없었다.

그러자 가재들이 홍당무를 에워싸기 시작했다.

가재들은 홍당무의 목을 향해 공격해 왔다.

오면서 재깍재깍 소리를 냈다.

그리곤 집게발을 활짝 벌렸다.

양

LES MOUTONS

홍당무는 공들이 튀고 있다고 생각했다. 그런데 갑자기 그것들이 한꺼번에 뒤섞이며 외마디 소리를 질렀다. 그러고 보니 학교 실내 체육관에서 놀고 있는 아이들 같기도 했다.

그러는 사이에 공 하나가 홍당무의 다리 사이로 뛰어들었다. 홍당무는 가슴이 섬찟했다. 그때 또 하나가 천장의 창을 통해 들어오는 햇빛 사이로 뛰어올랐다. 홍당무는 또 가슴이 섬찟했다. 또 하나가 뛰어들었다. 자세히 보니 양이었다. 홍당무는 겁을 먹었던 자신이 우스웠다. 눈이 어둠에 익숙해지자 저 멀리까지 자세히 보였다.

생각해 보니 그 즈음이 양이 새끼치는 시기였다. 농사꾼인 파졸의 말에 의하면 아침마다 헤아려 보면 양이 두서너 마리씩 늘어나 있다고 했다.

어미 양들 틈에서 아장아장 걷는 새끼 양이 눈에 띄었다. 새끼 양들은 작달막하고 흰 다리로 바들바들 떨면서 걸었다. 그 다리 모양이 마치 아무렇게나 깎아 세운 나무 막대기 같았다.

홍당무는 선뜻 새끼 양을 쓰다듬을 용기가 나지 않았다. 오히려 새끼 양들이 홍당무에게 다가와 구두를 핥기도 하고 입에 풀을 물고 와 홍당무 앞에 내려놓기도 했다.

태어난 지 일 주일쯤 된 녀석들은 벌써 꾀가 생겨 엉덩이에 잔뜩 힘을 주어 몸을 쭉 뻗고는 허공에 떠서 '갈지자'로 걸었다. 그러나 하루밖에 안 된 녀석들은 앙상한 무릎을 번번이 땅에 꿇었다가 다시 벌떡 일어나곤 했다. 또 갓 태어난 녀석들은 아예 땅바닥에서 기고 있었다. 녀석들은 어미가 핥아 주지 않아 몸이 번지르르했다.

어미 양은 아주 귀찮은 듯 새끼를 머리로 밀어 제쳤다.

"무슨 어미가 저렇게 인정머리가 없대요?"

홍당무가 물었다.

"사람이나 짐승이나 인정머리 없는 것들이 꼭 있어."

옆에서 파졸이 대꾸했다.

"유모에게라도 맡기고 싶은 모양이죠?"

"그럴지도 모르지."

파졸이 다시 대꾸했다.

"저러니까 젖꼭지로 기르는 새끼들이 늘어나지. 약국에서 팔고 있는 그 인공 젖꼭지 말야. 하지만 그리 오래가진 않아. 어미가 서서히 정을 느끼니까. 새끼들이 젖을 달라고 엔간히 매달려야지."

파졸은 어미 양의 어깨를 붙들어 우리 안으로 넣었다. 우리에서도 쉽게 알아볼 수 있도록 목에는 짚으로 만든 목걸이를 매어 두었다.

곧 새끼 양이 뒤따라왔다. 그러나 어미 양은 모르는 척하곤 강판을 가는 소리를 내며 풀을 먹기 시작했다. 새끼 양은 덜덜 떨면서 여린 다리로 버티고 서서 젖을 빨려고 했다. 코에는 젤리 같은 것이 덜렁 덜렁 달려 있었다.

"저런 놈이 나중이라고 새끼한테 정을 느낄까요?"

홍당무가 물었다.

"물론이지, 엉덩이만 다 나오면 말야."

파졸이 대꾸했다.

"낳을 때 너무 힘들었거든."

"그럼 잠시 동안 다른 놈한테 맡기면 될 텐데."

홍당무는 양들이 어리석게 느껴졌다.

"자기 새끼 아니면 절대 받아들이지 않는데?"

파졸은 고개를 저으며 말했다.

아닌 게 아니라, 헛간 구석구석에서 어미 양들이 새끼 양들을 부르며 울어 대면 새끼들은 정확하게 제 어미를 찾아갔다. 홍당무가 듣기에는 그 소리가 그 소리 같건만 양들에게는 그렇지 않은 모양이었다.

"그러니까 적어도 여기서는 새끼가 유괴 당하는 일은 없는 셈이지."

파졸이 말했다.

"정말 신기하네요. 저렇게 양털로 뭉친 녀석들한테도 가족애가 있다니! 그런데 서로를 어떻게 알까? 내가 보기엔 다 똑같은 것 같은데. 냄새로 아는 건가?"

홍당무는 시험삼아 새끼 양의 코를 막아 보고 싶었다. 그러다 홍당무는 문득 양에게도 이름이 있나 궁금했다.

새끼 양들이 열심히 젖을 먹고 있는 동안 어미들은 한가롭게 풀을 먹고 있었다. 새끼들이 옆구리를 쿡쿡 찔러도 전혀 상관하지 않았다.

홍당무는 여물통의 물 속에서 쇠사슬 조각과 수레바퀴 테, 닳아빠진 삽 같은 것을 발견했다.

"여물통 속에 이런 것들이 들어 있다니!"

홍당무는 제법 어른스럽게 말했다.

"이런 쇠붙이가 있으면 양들이 다치잖아요."

"그래, 맞아."

파졸은 아무렇지도 않은 듯 대꾸했다.

"하지만 그런 게 있으면 물에 영양가가 더 많아지거든. 한번 마셔 볼래?"

그러면서 파졸은 아무것이나 닥치는 대로 여물통에 집어넣었다.

"빈대 한 마리 줄까?"

파졸이 물었다.

"고마워요."

홍당무는 아무것도 모른 채 대답했다.

파졸은 당장 어미 양의 푹신푹신한 털을 헤치기 시작했다. 그리곤 곧 노랗고 큼직한 빈대 한 마리를 잡아냈다. 얼마나 피를 빨았는지 아주 통통하게 살찐 놈이었다.

"이 정도 놈 두 마리면 어린아이 머리쯤은 자두 먹듯 한 입에 갉아 먹어 버릴 걸."

파졸은 빈대를 홍당무의 손바닥에 놓아 주었다.

"심심하거나 울적할 때면 이걸로 장난도 칠 수 있어. 형이나 누나 목이나 머리카락 속에 넣으면 아주 재밌을 거야."

빈대는 벌써 꿈틀거리며 홍당무의 살을 물기 시작했다. 순간 홍당무는 가시에라도 찔린 듯 따끔따끔한 아픔을 느꼈다. 아픔은 손목에

이어 팔꿈치에까지 이어졌다. 그리고 곧 어깨에까지 전달되었다. 마치 빈대 수가 늘어난 것처럼 온몸이 따끔거리는 것이었다.

홍당무는 더 이상 참을 수가 없었다. 그래서 빈대를 손가락으로 꾹 눌러 죽여 버렸다. 손에 금방 시커먼 피가 묻어 났다. 홍당무는 그 손을 어미 양의 등에 문질러 닦았다. 물론 파졸이 눈치채지 않도록 슬쩍 했다.

'잃어버렸다고 하면 되지 뭐.'

그렇게 속으로 생각하며 홍당무는 다시 양들을 지켜보았다. 양들은 차츰 조용해지고 있었다. 이제 조금만 더 있으면 풀 씹는 둔탁한 소리 외에는 들리지 않을 것이었다.

시렁에 걸려 있는 빛 바랜 파졸의 외투가 홀로 망을 보고 있는 듯했다.

대 부

　르픽 부인은 홍당무가 대부에게 가는 것을 허락하곤 했다. 가는 것
뿐 아니라 자고 오는 것까지 허락했다.
　홍당무의 대부는 사람들이 쉽게 접근하지 못할 정도로 성격이 까
다로운 사람이었다. 따라서 그는 낚시를 하거나 포도밭을 손질하면서
고독하게 지냈다.
　그는 아무도 사랑하지 않았다. 그러나 예외로 홍당무만은 무척 귀
여워했다.
　"왔구나, 이 개구쟁이!"
　대부는 홍당무를 보곤 반갑게 소리쳤다.
　"네, 아저씨."

그러나 홍당무는 키스도 하지 않고 무뚝뚝하게 인사했다.

"제 낚싯대 준비해 두셨어요?"

"둘이서 하나면 돼."

대부가 말했다.

그러나 홍당무는 얼른 헛간을 열어 보았다. 과연 그곳에는 홍당무의 낚싯대가 준비되어 있었다.

그렇게 대부는 늘 홍당무를 상대로 장난을 쳤다. 그러나 홍당무는 한두 번 당하는 것이 아닌 터라 절대 화내는 일이 없었다. 또 그런 일로 두 사람 사이가 벌어지는 일도 없었다.

대부가 "그래"라고 말하는 것은 "아니"라는 뜻이고, "아니"라고 말하는 것은 "그래"라는 뜻이었다. 그것만 명심하면 되었다.

'아저씨는 이런 재미로 사니, 내가 이해해야지.'

홍당무는 그렇게 생각하고 있었다. 그래서 두 사람은 항상 의가 좋았다.

대부는 일 주일 분의 식사를 한꺼번에 준비해 두는 버릇이 있었다. 그날은 홍당무를 위해서 완두콩을 큰 라드 덩어리와 함께 끓여 주었다. 그리고 일을 시작하기 전에 진한 포도주를 억지로 한 잔 먹였다.

그런 다음 두 사람은 낚시를 하러 갔다.

대부는 강가에 앉자마자 재빠르게 낚싯줄을 풀었다. 낚싯대의 손잡이는 무거운 돌로 눌러 놓았다. 아주 놀랄 만큼 큰 손잡이였다.

그는 항상 큰 물고기만 낚아 올렸다. 올라온 고기는 마치 갓난아기처럼 그늘에 펼쳐 둔 수건으로 감싸 주었다.

"주의할 것은."

대부가 홍당무에게 일러두었다.

"낚시찌가 세 번 가라앉기 전에는 절대 낚싯대를 올려서는 안 돼."

홍당무   어째서 꼭 세 번이죠?

대 부   처음에 가라앉는 것은 아무것도 아냐. 물고기가 그냥 툭툭 쳐 보는 거야. 두 번째가 진짜야, 먹이를 삼킨 거지. 세 번째는 틀림 없는 거고. 그때는 도망치려 해도 꼼짝 못 해. 아무리 천천히 끌어 당겨도 문제 없단 말야.

홍당무는 낚시 중에서도 망둥이 잡는 것이 가장 재미있었다. 구두를 벗고 물 속으로 들어가 발로 모래 바닥을 휘저어 물을 흐려 놓으면 바보 같은 망둥이들이 몰려왔다.

그때 홍당무는 얼른 낚싯대를 던졌다. 그러면 대부에게 알릴 틈도 없이 망둥이들이 올라왔다.

"열여섯, 열일곱, 열여덟……."

해가 머리 위에 왔을 때 대부는 점심을 먹으러 돌아가자고 했다.

그는 홍당무에게 흰 완두콩을 배불리 먹였다.

"이렇게 맛있는 건 없어."

대부가 완두콩을 먹으며 말했다.

"하지만 난 삶은 걸 더 좋아한단다. 딱딱한 건 씹을 때마다 자고새 날개 속에 박힌 탄알처럼 이빨에 부딪친단 말야. 그런 걸 먹을 바엔 차라리 곡괭이 끝을 깨무는 게 낫지."

홍당무   이건 정말 입에서 살살 녹는데요. 엄마가 만들어 주는 것도 맛있지만 말예요. 그런데 요즘은 좀 맛이 없어졌어요. 아마 크림을 아껴서 그런가 봐요.

대 부   잘 먹으니 참 보기 좋구나. 엄마 앞에서는 배부르게 못 먹을 테지?

홍당무   모든 걸 엄마한테 맞춰서 먹어야 해요. 그러니까 엄마가 배
        고프면 배가 부를 때까지 먹을 수 있어요. 엄만 자기가 조금 더 덜
        어갈 때만 저한테도 더 덜어 주거든요. 엄마가 "이제 그만" 하면 저
        도 그만 일어서야 하지만.
대 부   더 달라고 말하면 되잖니, 바보같이.
홍당무   말로는 쉽지요. 하지만 아저씨, 배는 조금 고픈 듯한게 좋은
        거예요.
대 부   나한테 자식이 있다면 난 원숭이 엉덩이라도 핥아 주겠다.
        그 원숭이가 내 자식이라면 말이다.

   두 사람은 그날의 일과를 포도밭에서 끝냈다.
   홍당무는 대부가 땅을 파는 것을 보면서 한 걸음 한 걸음 따라가기
도 하고, 포도 넝쿨 아래 누워 하늘을 보며 버드나무의 새순을 썹기
도 했다.

샘 터

홍당무는 대부와 함께 자는 것이 편하지 않았다. 방은 추웠지만 땀에 흠뻑 젖기 일쑤였기 때문이었다.

대부는 꼭 털 이불을 덮고 잤다. 늙은 대부의 손발에는 털 이불이 부드러워 좋겠지만 홍당무에게는 그렇지 않았다. 하지만 르픽 부인의 곁을 떠나 잔다는 것은 어쨌든 좋았다.

"엄마가 그렇게 무서우냐?"

대부가 물었다.

홍당무　그렇다기보다 제가 엄마한테 무섭지 않은 거죠. 훼릭스 형은 엄마가 때리려고 하면 빗자루 손잡이에 올라타곤 턱 버티거든요. 그럼 엄만 어쩌지 못하고 그만둘 수밖에 없어요. 그래서 엄만 형을 정으로 다스리려고 해요. 엄마도 말했어요. 형은 감수성이 예민해서 함부로 때리면 안 된다고요. 홍당무는 때려야 하지만 말예요.

대 부   너도 빗자루를 타지 그러니?

홍당무   제가 그럴 수 있다면 얼마나 좋겠어요! 휄릭스 형과 전 곧잘 싸워요. 진짜로 싸울 때도 있고 장난으로 할 때도 있어요. 형하고 맞먹을 만큼 제가 힘이 세거든요. 그래서 형처럼 맞지 않고 엄마를 막아낼 수 있어요. 하지만 엄만 제가 빗자루를 들면 아마 빗자루를 갖다 주는 것으로 착각할 거예요. 평소에도 엄마한테 빗자루를 갖다 주는 사람이 바로 저거든요. 그러니까 아마 엄만 절 때리기 전에 고맙다고 말할 거예요.

대 부   그만 자자!

그러나 두 사람 다 쉽게 잠을 이룰 수가 없었다.

홍당무는 이리 뒤척 저리 뒤척했다. 털 이불이 무거워 숨이 막혔다. 대부는 그것을 몹시 측은하게 생각했다.

홍당무가 깜박 잠에 빠져들 때, 대부가 별안간 홍당무의 팔을 잡았다. "아, 여기 있었구나!" 대부는 홍당무를 꼭 끌어안았다.

"꿈을 꾸었구나. 난 네가 아직도 샘터에 있다고 생각했다. 너 혹시 그 샘터 기억하니?"

홍당무   그럼요, 똑똑하게 기억하고 있어요. 그런데 아저씨, 그 얘긴 벌써 여러 번 들었어요.

대 부   알고 있다. 하지만 난 그때 일을 생각하면 아직도 온몸에 소름이 끼친단다. 그때 난 풀밭에서 자고 있었지. 넌 샘터에서 놀고. 그러다가 순간적으로 네가 미끄러져 샘물 속으로 빠지고 말았어. 넌 큰 소리를 지르며 발버둥쳤지. 그런데 난 아무 소리도 듣지 못했단다. 물은 고양이도 안 빠질 만큼 얕았는데 넌 일어서지도 못했어. 아니, 일어설 생각을 못 했어.

홍당무　제가 샘물에 빠져서 무슨 생각을 했는지 아저씨가 어떻게 아세요?

대 부　난 네가 발버둥치는 소리에 겨우 잠에서 깼지. 그렇게라도 깬게 얼마나 다행이니. 조금만 더 늦었더라도 아마 널 살려낼 수 없었을 거야. 그런데도 넌 펌프처럼 물을 뿜어냈단다. 난 얼른 옷을 갈아 입혔지. 베르나르의 나들이옷으로 말야.

홍당무　참 따끔따끔했어요, 쓰라릴 정도로요. 그거 말 털로 만든 옷이었죠?

대 부　아냐. 하지만 그때 베르나르에게는 누구한테라도 빌려줄 만한 깨끗한 속옷이 없었단다. 아, 지금은 이렇게 한가하게 얘기할 수 있다만, 그때 1초만 늦었어도…….

홍당무　지금쯤 먼 나라에 가 있겠지요?

대 부　쓸데없는 소리! 하긴 나도 공연한 말을 했구나. 아무튼 난 그때부터 편안하게 잠을 자 본 적이 없단다. 천벌이지, 천벌이야!

홍당무　하지만 아저씨, 전 그런 벌은 받고 싶지 않아요. 졸려서 죽겠거든요.

대 부　그래, 자거라.

홍당무　그럼 이 손 좀 놔 주세요. 한참 자고 나서 다시 잡아요. 그리고 다리도 좀 치워 주세요. 까실까실한 털이 닿으니까 잘 못 자겠어요.

살 구

LES PRUNES

    그러나 한 번 깨인 잠은 다시 쉽게 오지 않았다. 홍당무는 이불 속에서 뒤척거리며 잠을 청했다. 대부 역시 잠이 오지 않는 모양이었다.
    "잠들었니?"
    대부가 물었다.

홍당무   아니오.
대 부   잠이 통 안 오는구나. 우리 이러지 말고 지렁이나 잡으러 갈
   까?

    "그게 좋겠어요."

홍당무가 얼른 말했다.

그리하여 두 사람은 침대에서 내려와 옷을 입었다. 그리곤 초롱불을 켜 들고 마당으로 나갔다.

홍당무는 초롱을 들고 대부는 깡통을 들었다. 깡통 안에는 진흙이 절반쯤 담겨 있었다. 그리고 그 진흙 안에는 지렁이가 있었다.

대부는 깡통에다가 낚시에 쓸 지렁이를 담아 두었다. 지렁이는 깡통 위에 젖은 이끼를 두면 절대로 달아나지 못했다. 온종일 비가 내리는 날에는 특히 수확이 좋았다.

"밟지 않도록 조심해라."

대부가 홍당무에게 말했다.

"이렇게 살며시 걷는 거야. 감기에만 안 걸린다면 운동화를 신고 나오는 건데. 지렁인 조그만 소리가 나도 얼른 구멍 속으로 들어가거든. 그래서 지렁이가 구멍에서 멀리 떨어져 있지 않으면 잡기 힘들단다."

대부는 아주 작은 소리로 말하며 땅을 살폈다.

"잡으면 얼른 꼭 쥐어야 해. 그렇지 않으면 미끄러워 놓치기 십상이란다. 구멍 속으로 절반쯤 달아난 놈은 놓아 줘라. 안 그러면 잘라진단다. 잘라진 지렁이는 아무 소용이 없거든. 괜히 옆에 있는 놈들까지 썩게 하지. 또 예민한 물고기들은 토막 난 지렁이 따윈 절대 거들떠보지 않아. 어떤 낚시꾼들은 지렁이가 아까워 반으로 잘라 쓰거나 죽은 놈을 쓰기도 하는데 그건 잘못된 거야. 싱싱한 물고기를 잡으려면 살아 있는 놈을 통째로 써야 한단 말야. 지렁이가 물 속에서 몸을 움츠리면 물고기는 놈이 도망치는 줄 알고 얼른 쫓아와 덥석 물거든."

"하지만 전 항상 실수만 하는데요."

홍당무가 시무룩하게 말했다.

"그놈들의 더러운 침 때문에 손가락만 더러워지고."

대 부 지렁이는 더러운 게 아냐. 세상에서 가장 깨끗한 거야. 흙만 먹고 사는데 뭐가 더러워. 그래서 몸을 꾹 눌러 보면 흙이 나오는 거야. 난 먹기도 하는데.

홍당무 그럼 이거 먹어 봐요.

대 부 그놈은 너무 큰데. 그런 놈은 불에 구워서 빵에 발라 먹어야해. 하지만 작은놈이라면 날거로도 먹을 수 있지. 살구 나무에 붙어 있는 벌레 정도로 작은놈이라면 말야.

홍당무 그래서 우리 식구들이 아저씨를 싫어하는 거예요. 엄마는 특히 더 심하구요. 엄만 아저씨 생각만 해도 속이 뒤집힌대요. 하지만전 아저씨가 하는 일이라면 무조건 좋아요. 왜냐면 아저씬 잔소리도 안 하고, 우린 서로 통하니까요. 그렇다고 아저씰 따라 하겠다는건 아녜요.

홍당무는 초롱을 높이 치켜들었다. 그리곤 살구나무 가지를 당겨서 열매를 몇 개 땄다. 좋은 것은 제가 갖고 벌레 먹은 것은 대부에게 주었다.

대부는 홍당무가 내민 살구를 한입에 통째로 삼켰다.

"이런 게 진짜 맛있는 거야!"

홍당무 저도 언젠가는 아저씨처럼 할 거예요. 엄마가 냄새를 맡고 알아차리면 문제가 되겠지만요.

"무슨 냄새?"

대부가 물었다. 그러더니 당장 홍당무의 얼굴을 향해 입김을 후, 불었다.

홍당무 어, 정말 담배 냄새밖엔 안 나네요! 그래도 너무했어요. 담배 냄새 때문에 숨이 막힐 것 같았단 말예요. 그래도 전 아저씨가 좋아요. 담배만 안 피면 훨씬 더 좋겠지만.

대 부 그런 소리 말아라, 요 꼬마야. 그게 얼마나 몸에 좋은 건데.

마틸드

MATHILDE

"엄마!"

에르네스틴느 누나가 숨을 헐떡이며 집으로 뛰어들어왔다.

"엄마, 홍당무가 또 마틸드와 목장에서 신랑 각시 놀이를 하고 있
어요. 훼릭스 오빠 둘한테 옷을 입혀 주고요. 그거 나쁜 짓 아녜요?'"

에르네스틴느 누나는 한껏 상기된 표정으로 일러바쳤다.

아닌 게 아니라, 목장에서는 미틸드가 사위질빵 넝쿨로 옷을 산고
서 얌전하게 서 있었다. 사위질빵 넝쿨에는 온통 흰 꽃이 피어 있었
다.

마틸드는 마치 오렌지 화관을 쓴 신부 같았다. 온몸에는 온통 오렌
지 가지를 달고 있었다. 한평생의 배앓이를 고칠 만큼 많은 양이었다.

사위질빵 넝쿨은 관으로 틀어져 머리 위에 얹힌 채 턱과 등, 두 팔을 따라 늘어져 있었다. 그렇게 서로 얽히면서 허리에 휘감겼다가 땅바닥까지 늘어졌다. 그것을 훼릭스 형이 짓궂게도 자꾸 늘려 놓았다.

"이제 움직이면 안 돼!"

훼릭스 형이 뒷걸음질치면서 말했다.

"이젠 홍당무, 네 차례야."

훼릭스 형은 홍당무를 신랑으로 꾸미기 시작했다. 마찬가지로 온몸에 사위질빵 넝쿨을 잔뜩 감았는데, 군데군데 양귀비와 스넬르, 민들레 꽃 등을 꽂아 마틸드와 차별을 두었다.

그들 중 누구도 웃지 않았다. 오히려 아주 진지한 표정을 짓고 있었다.

이러한 때에 어떠한 표정을 지어야 하는지 그들은 잘 알고 있었다. 장례식에서는 처음부터 끝까지 슬픈 표정을, 결혼식에서는 미사가 끝날 때까지 엄숙한 표정을 지어야 한다는 것을. 그렇지 않으면 아무리 놀이라 해도 재미가 없어진다.

"서로 손을 잡고!"

훼릭스 형이 점잖게 말했다. 홍당무와 마틸드는 시키는 대로 했다.

"자, 앞으로 사뿐히 걸어!"

홍당무와 마틸드는 훼릭스 형의 말에 따라 나란히 걸어갔다.

마틸드는 앞자락에 늘어진 사위질빵 넝쿨이 엉켜 붙어 손가락으로 집어 올렸다. 홍당무는 한쪽 발을 든 채 다정스레 신부를 기다렸다.

훼릭스 형은 홍당무와 마틸드를 이곳 저곳으로 끌고 다녔다. 두 사람이 걸음을 옮길 때마다 양팔을 휘둘러 박자를 맞춰 주기도 했다.

그는 마치 자신이 읍장이라도 된 듯 축하 인사를 하기도 하고, 성당 신부처럼 축복을 내리기도 했다. 또 두 사람의 친구가 되어 축사도 하고, 바이올리니스트가 되어 막대기 두 개를 비벼 대며 끽끽 소리를 내기도 했다.

"잠깐!"

쉴 틈도 없이 홍당무와 마틸드를 끌고 다니던 훼릭스 형이 갑자기 소리쳤다.

"화관이 비뚤어졌잖아."

훼릭스 형은 마틸드의 화관을 손바닥으로 탁탁 쳤다.

"아야!"

마틸드가 소리쳤다. 사위질빵 넝쿨 마디가 머리카락을 당긴 것이었다.

훼릭스 형이 마틸드의 머리카락째 넝쿨을 뜯어 냈다. 그런 다음 행렬이 계속되었다.

"됐다!"

훼릭스 형이 갑자기 행렬을 멈추게 했다.

"이제 너희들은 결혼한 거야. 자, 서로 뽀뽀해라!"

훼릭스 형의 말에 홍당무와 마틸드는 망설였다.

"왜 이러는 거야, 뽀뽀하라니까! 결혼하면 누구나 뽀뽀하는 거 몰라? 서로 마주 서서 정답게 한 마디 하면서 말야. 누가 그렇게 우두커니 서 있으랬어!"

훼릭스 형은 웃지 않고 말했다. 그러나 속으로는 비웃고 있는 것이 틀림없었다. 어쩌면 훼릭스 형도 누구에게 뽀뽀한 경험이 있을지 모르겠다.

훼릭스 형은 홍당무에게 본보기를 보인다며 자신이 먼저 마틸드에게 뽀뽀를 했다.

홍당무는 당장 용기가 생겼다. 그래서 엉켜 있는 넝쿨 사이로 마틸드 얼굴에 뽀뽀를 했다.

"이건 장난이 아냐."

뽀뽀를 하곤 홍당무가 엄숙하게 선언했다.

"난 정말 너하고 결혼할 거야."

마틸드 역시 홍당무에게 뽀뽀를 했다. 두 사람 다 얼굴이 시뻘개졌다.

"얼굴이 빨개진 것을 보니 수줍은 모양이지?"

훼릭스 형이 손가락으로 머리 위에 뿔을 만들어 보이며 놀려 댔다. 발을 구르며 마구 웃어 대기도 했다.

"이 바보들은 진짜로 결혼한 줄 아나 봐!"

훼릭스 형은 두 손가락을 마주 비비며 계속 웃어 댔다.

"잘 들어!"

홍당무가 정색을 하고 나섰다.

"난 부끄러울 게 없어. 놀리고 싶으면 얼마든지 놀려도 좋아. 엄마만 허락해 준다면 난 마틸드와 결혼할 거니까!"

"그만 두지 못해!"

르픽 부인이 갑자기 나타나며 소리쳤다.

르픽 부인은 당장 목장의 나무문을 밀어 젖히곤 에르네스틴느 누나와 함께 들어섰다. 홍당무는 갑자기 온몸이 굳어지는 듯싶었다.

르픽 부인은 울타리 옆의 마른 나뭇가지를 동여맨 곳을 지나오면서 가시나무를 꺾었다. 그리곤 나뭇가지에서 잎사귀는 떼고 가시만 남겼다.

"조심해, 회초리야!"

훼릭스 형이 얼른 말하곤 목장 끝으로 달아났다. 그곳이라면 숨어서 홍당무가 혼나는 것을 얼마든지 지켜볼 수 있었다.

르픽 부인은 홍당무에게로 곧장 달려왔다. 마치 폭풍우와 같은 기세였다. 그러나 홍당무는 결코 도망치지 않았다. 기왕 맞을 매라면 미리 맞는 것이 낫다는 생각에서였다. 왠지 겁도 나지 않았다.

옆에서 마틸드가 벌벌 떨면서 흐느껴 울었다.

홍당무 너무 겁내지 마. 난 엄말 잘 알고 있어. 엄만 나한테만 화난 거야. 그러니까 매는 나만 맞을 거야.

마틸드 그건 알아. 하지만 네 엄마가 우리 엄마한테 이를 거 아냐. 그러면 우리 엄마도 날 때릴 거란 말야.

홍당무 이럴 땐 때린다고 하는 게 아니라 버릇을 고쳐 준다고 하는 거야. 여름 방학 숙제를 선생님이 고쳐 주는 것처럼 말야. 그런데 네 엄마도 네 버릇을 종종 고쳐 주니?

마틸드 경우에 따라서.

홍당무 난 늘 그래.

마틸드 하지만 난 아무것도 잘못한 게 없어.

홍당무 그래, 아무튼 조심해라.

르픽 부인은 홍당무의 코 앞까지 다가왔다. 이제는 붙잡은 것이나 다름없었다.

부인은 속력을 줄여 천천히 다가왔다.

에르네스틴느 누나는 더 이상 가까이 오지 않았다. 르픽 부인이 회초리를 함부로 휘두르면 자신이 맞을 수도 있기 때문이었다.

홍당무는 얼른 '신부' 앞을 가로막고 섰다.

'신부'는 더욱 소리 높여 흐느껴 울었다. 그 바람에 사위질빵 넝쿨의 흰 꽃이 흐트러졌다.

르픽 부인이 회초리를 번쩍 들어 막 후려갈기려는 순간이었다. 홍당무는 파랗게 질린 채 팔짱을 끼고 목을 움츠렸다. 매를 맞기도 전에 벌써 허리가 아파 오고 종아리도 따끔거렸다.

　홍당무는 순간적으로 소리쳤다.

　"뭘 이런 걸 갖고 그러세요, 장난으로 한번 해본 건데!"

금 고

LE COFFRE-FORT

이튿날 홍당무는 마틸드를 다시 만났다.

"네 엄마가 우리 엄마한테 다 일렀어. 그래서 난 엉덩이를 맞았단
다. 넌?"

홍당무   몰라, 다 잊어버렸어. 그런데 넌 왜 맞았니? 우린 아무것도
　　잘못한 게 없는데
마틸드   정말.
홍당무   분명히 말하는데, 너하고 결혼하겠다고 한 건 진심이었어.
마틸드   나도 너하고 결혼할 거야.
홍당무   그 동안 내가 널 깔본 건 사실이야. 왜냐면 너흰 가난하고

우린 부자니까. 하지만 걱정 마. 이젠 좋아하니까.

마틸드   부자라니, 얼마나 부잔데?

홍당무   백만 프랑 정도.

마틸드   백만 프랑이면 얼마나 되니?

홍당무   무지무지하게 많은 거지, 아무리 써도 다 못 쓸 정도로.

마틸드   우린 너무 돈이 없다고 엄마 아빠가 늘 한탄하시는데.

홍당무   그건 우리 집도 마찬가지야. 남에게 동정 받으려고 괜히 그
러는 거지만. 또 시기심 많은 사람을 경계하는 뜻도 있어. 하지만
사람들은 우리가 부자라는 걸 다 알아.

　　매달 초하루에 우리 아빠 혼자 자기 방에 틀어박혀 있단다. 금고
를 열어 돈을 계산하기 위해서야. 그런데 금고 여는 소리가 밖에서
들으면 꼭 청개구리가 우는 것 같아.

　　계산하면서 아빠는 뭐라고 혼자 중얼거리기도 해. 그런데 무슨
소린지는 아무도 몰라. 엄마도 형도 누나도.

　　그러다 방문이 끼익 하고 열리면 아빠가 나와. 돈을 들고서 말야.
아빠는 아무 소리도 하지 않고 그 돈을 그저 짤랑거리며 놓을 뿐이
야. 아궁이 앞에서 일하고 있는 엄마한테 주는 거지. 그러면 엄만
아빠가 나가자마자 얼른 돈을 거두어 가. 매달 그래. 아주 오래 전
부터.

마틸드   금고를 열 때 뭐라고 하니, 응?

홍당무   묻지 마. 물어도 소용 없어. 우리가 결혼하면 가르쳐 줄게.
네가 아무한테도 말하지 않는다면 말야.

마틸드   지금 당장 가르쳐 줘. 절대 아무한테도 말하지 않을게.

홍당무   그래도 안 돼. 아빠하고 약속했어.

마틸드   치, 모르는구나. 모르니까 말을 못 하는 거지.

홍당무   미안하지만 알고 있습니다요.
마틸드   모르는 거야, 모른단 말야. 정말 웃겨!

"좋아, 말해 줄게. 하지만 조건이 있어."
홍당무가 정색을 하고 말했다.
"무슨 조건?"
마틸드는 여전히 새침한 채 물었다.
"내가 만지고 싶은 델 만지게 해줘."
"……!"
마틸드는 얼굴이 빨개져서 아무 말도 하지 못했다. 무슨 뜻인지 잘
못 알아들은 모양이었다.
마틸드는 눈을 가늘게 뜨고 홍당무를 노려보았다. 이제 알고 싶은
것이 하나 더 늘은 셈이었다.
"먼저 그 말을 가르쳐 줘."

홍당무   가르쳐 주면 내가 만지고 싶은 데를 만져도 좋다고 맹세해.
마틸드   엄마가 함부로 맹세하지 말라고 했는데?
홍당무   그럼 나도 안 가르쳐 줘.
마틸드   좋아, 안 가르쳐 줘도 좋아. 그 말이 뭔지 벌써 다 알았는걸.

홍당무는 당황했다.
"네가 뭘 안다고 그래? 하지만 맹세하겠다면 가르쳐 줄게. 아빠가
금고 열 때 하는 말은 '이 얼빠진 놈아!' 하는 거야. 자, 이제 만져 봐
도 되지?"
"이 얼빠진 놈아! 이 얼빠진 놈아!"

마틸드는 얼른 소리쳤다. 비밀을 알아 냈다는 기쁨에 아주 큰 소리로 외쳤다. 그러나 혹시 거짓일지도 모른다는 생각에 홍당무를 노려보았다.

"너 설마 날 놀리는 건 아니겠지?"

홍당무는 아무런 대꾸도 하지 않고 마틸드에게 슬슬 다가왔다.

마틸드는 킥킥 웃으며 뒷걸음질을 쳤다. 그러다 그대로 달아나고 말았다.

마틸드의 모습이 사라지자 뒤에서 이상한 소리가 들려 왔다.

홍당무는 얼른 뒤를 돌아보았다. 마구간 들창에서 피에르가 얼굴을 내밀고 잇몸을 드러낸 채 웃고 있었다.

"다 봤다!"

피에르는 음흉하게 웃고 있었다.

"네 엄마한테 다 이를 거다."

홍당무　다 장난이었어요, 피에르 아저씨. 마틸드를 속이려고 거짓말을 한 거란 말예요. '얼빠진 놈아!'는 내가 다 꾸민 말이고요.

피에르　너무 그렇게 겁먹을 건 없어. 어차피 나도 '얼빠진 놈아!'는 거짓인 줄 알고 있었으니까. 내가 이른다는 건 다른 거야.

홍당무　다른 거라뇨?

피에르　머리에 피도 안 마른 놈이 능글맞긴. 하지만 단단히 각오해라. 오늘 밤에 아마 네 귀가 찢어져 나갈 거다.

홍당무는 빨강 머리가 무색할 정도로 얼굴이 붉어졌다. 변명할 말조차 없었다. 홍당무는 기가 죽어 주머니에 손을 넣은 채 코를 훌쩍이며 절뚝절뚝 걸어갔다.

올챙이

LES TÉTARDS

르픽 부인은 홍당무를 마당 한가운데서 놀게 하였다. 창문에서 한 눈에 내려다볼 수 있기 때문에 그만큼 감시하기가 편했다.

홍당무는 마당 한가운데서 얌전하게 노는 연습을 했다. 그때 친구 레미가 왔다.

레미는 홍당무와 같은 또래의 남자 아이로 절름발이였다. 그런데도 레미는 항상 달리기를 하고 싶어했다. 그러나 달리기만 하면 왼쪽 다리가 질질 끌려 도저히 다른 아이들을 따라가지 못했다.

레미는 소쿠리를 들고 있었다.

"홍당무, 같이 안 갈래? 우리 아빠가 지금 강에 그물을 치고 있어. 아빠한테 가서 소쿠리로 올챙이를 건지자."

"우리 엄마한테 물어 봐."

홍당무가 시큰둥하게 대답했다.

레 미   왜 내가 물어 봐?
홍당무   내가 물어 보면 허락하지 않으니까 그렇지.

르픽 부인이 창가에 나타났다.

"아주머니!"

레미가 얼른 부인을 불렀다. 르픽 부인이 귀를 창가에 바짝 대었다.

"홍당무하고 올챙이 잡으러 가도 돼요?"

그러나 르픽 부인은 들리지 않는 모양이었다.

레미는 큰 소리로 다시 한 번 물었다. 르픽 부인은 그제서야 알아들었는지 뭐라고 말했다. 그러나 이번에는 부인의 말이 들리지 않았다.

홍당무와 레미는 서로 얼굴만 쳐다보았다. 그러자 르픽 부인이 고개를 절래절래 흔들었다. '안 된다'는 뜻이었다.

"안 된대."

홍당무가 실망스레 말했다.

"아무래도 심부름시킬 게 있는 모양이야."

레 미   그럼 어쩔 수 없구나, 아주 재밌을 텐데. 정말 안 될까?
홍당무   응, 그러지 말고 우리 여기서 놀자.
레 미   싫어, 올챙이 잡는 게 훨씬 더 재밌단 말야. 오늘은 날씨가
         좋아서 소쿠리로 그냥 건져내면 될 거야.
홍당무   잠깐만 기다려 봐. 우리 엄만 언제나 처음에는 안 된다고 하

거든. 하지만 조금만 지나면 바뀔 때가 많아.

레　미　　그럼 15분만 기다릴게. 그 이상은 절대 안 돼.

　　홍당무와 레미는 마당 한가운데 우두커니 서 있었다. 두 손을 호주
머니에 찌른 채 시치미를 뚝 떼고, 계단 쪽을 유심히 보았다.

　　잠시 후 홍당무가 팔꿈치로 레미를 쿡 찔렀다.

　　"어때, 내 말이 맞지?"

　　홍당무 말에 레미는 고개를 돌렸다. 과연 현관문이 열리며 르픽 부
인이 밖으로 나왔다. 손에는 홍당무에게 줄 소쿠리가 들려 있었다.

　　"아니, 너 아직도 여기 있었니? 벌써 간 줄 알았는데. 아무래도 네
아빠한테 일러야겠다, 여기서 빈둥거리고 있었다고."

레　미　　홍당무가 기다리라고 그랬단 말예요.

르픽 부인　　뭐라고? 홍당무, 얘 말이 사실이니?

　　홍당무는 할 말이 없었다. 그럴 때는 시치미를 뚝 떼고 있는 것이
상책이었다.

　　사실 홍당무는 르픽 부인의 성격을 잘 알고 있었다. 이번에도 분명
히 조금만 기다리면 될 것 같았다. 그런데 레미가 일을 다 망쳐 놓았
으니, 이제는 되는대로 놓아 둘 수밖에.

　　"난 말이다, 내가 말한 것을 돌이켜 본 적이 없단다."

　　르픽 부인은 쌀쌀하게 말하곤 그대로 돌아섰다. 일부러 호두가 들
어 있는 소쿠리를 비워 가지고 왔음에도 불구하고.

　　레미는 벌써 저만치 가고 있었다.

　　평소 르픽 부인은 농담이라곤 거의 하지 않았다. 따라서 이웃집 아

이들조차 부인을 무서워했다. 학교 선생님만큼이나 어려워했다.

레미는 강을 향해 마구 달리고 있었다. 아주 빠른 속력이었다. 뒤에 쳐진 왼쪽 다리가 먼지 낀 큰길에 한 가닥 줄을 그으며 물 끓는 소리를 냈다.

하루를 헛되이 망쳐 버린 홍당무는 이제 놀고 싶은 마음도 없어졌다.

멋지게 놀 기회를 놓쳤다.

억울하다는 생각뿐이었다.

울화통이 터지려고 한다.

외롭고 서글픈 생각도 들었다. 하지만 자신이 잘못해서 당한 일이라 생각하곤 지루한 시간을 견뎌 냈다.

갑작스러운 변화

1

르픽 부인   어디 가려고?

홍당무   (새 넥타이에 번쩍번쩍한 구두를 신은 채) 아빠하고 산책할 거
예요.

르픽 부인   안 돼, 가지 마! 가면 알아서 해! (오른쪽 주먹이 머리 위로
올라갔다.)

홍당무   (작은 소리로) 알았어요.

2

홍당무 (벽시계 옆에서 생각에 잠겨 있다.) 아무튼 매는 맞지 말아야지. 그렇다면 산책을 포기하는 수밖에. 아무래도 아빠가 엄마보다 덜 무서우니까. 아빠한테 미안해도 어쩔 수 없지.

3

르픽 씨 (홍당무를 귀여워하기는 하나 돌봐 주는 일은 없었다. 항상 일이 많기 때문이었다.) 자, 이제 나가 볼까?

홍당무 아니, 안 갈래요.

르픽 씨 왜? 가기 싫어?

홍당무 아니, 가고 싶어요. 하지만 안 돼요.

르픽 씨 이유가 뭔데?

홍당무 아무것도 아녜요. 그냥 집에 있을래요.

르픽 씨 또 변덕이 시작된 거로군. 아무튼 넌 참 이상한 애야. 도무지 당할 수가 없어. 정말 두 손 두 발 다 들었다. 방금 전까지만 해도 그렇게 가고 싶다더니, 또 금방 가기 싫다니! 그래, 그럼 그냥 집에 있거라. 그렇게 잔뜩 찡그린 채 말이다.

4

르픽 부인   (언제나 문 옆에 서서 남의 말을 엿듣는 버릇이 있었다.) 가엾
기도 해라! (홍당무의 머리를 쓰다듬는 척하다 얼른 쥐어뜯는다.) 눈물
까지 글썽이고! 그래 아빠가 (슬쩍 르픽 씨를 본다.) 싫다는데 억지로
끌고 가려고 하시든? 엄마는 그렇게 심하게 들볶진 않지? (르픽 씨
와 르픽 부인은 서로 등을 돌렸다.)

5

홍당무   (벽장 안에 들어앉은 채 손가락을 입과 콧구멍에 넣고 있다. 입에
는 두 개가, 콧구멍에는 한 개가 들어가 있다.) 아무나 되고 싶다고 고아
가 되는 건 아니겠지.

사 냥

EN CHASSE

르픽 씨는 훼릭스 형과 홍당무를 번갈아 가며 사냥에 데리고 갔다.

홍당무는 항상 르픽 씨에게서 조금 떨어진 채 따라갔다. 총 끝을 피하기 위해서였다. 잡은 것은 등에 짊어졌다.

르픽 씨는 정말 지칠 줄 모르는 사람이었다. 특히 다리가 튼튼하여 얼마든지 걸었다.

홍당무는 르픽 씨를 따라가면 불평 한 마디 않고 기를 쓰고 쫓아갔다. 구두가 꼭 끼어 발이 아팠지만 절대 입 밖으로 내어 불평하지 않았다. 손가락도 끊어질 듯 아팠지만 내색하지 않았다. 발가락 끝은 부풀어올라 마치 망치처럼 되어 있었다.

"이건 가까운 농가에 맡겨 두거나 울타리 속에 숨겨 두자. 그랬다가 이따 저녁에 가지고 가자."

사냥에서 처음으로 잡은 토끼를 들어올리며 르픽 씨가 말했다.

"아녜요, 아빠. 제가 들고 다닐게요."

홍당무가 얼른 말했다.

정말 홍당무는 토끼 두 마리와 자고새 다섯 마리를 하루 종일 짊어지고 다녔다.

등이 몹시 아플 때면 손이나 손수건을 멜빵 밑에 넣어 등을 받쳐 보았다. 그러나 별 소용이 없었다. 그래도 누군가를 만나면 자랑스레 등을 내밀어 보였다. 그럴 때는 아픈 것도 몰랐다.

그러나 한 마리도 잡지 못한 날에는 모든 것이 귀찮기만 했다. 그날도 처음에는 그랬다.

"여기서 잠깐 기다리거라."

사냥감을 찾다가 르픽 씨가 말했다.

"저 밭 좀 훑어보고 오마."

그러면서 성큼성큼 밭으로 들어갔다.

홍당무는 속을 태우며 햇빛 속에서 가만히 서 있었다.

홍당무는 르픽 씨를 유심히 보았다. 르픽 씨는 이곳 저곳에서 흙덩이를 밟아 가며 땅을 샅샅이 뒤졌다. 마치 쇠스랑으로 땅을 고르는 듯이.

총대로 울타리며 넝쿨 등을 후려갈기기도 했다. 얼마 동안 그러고 나면 사냥개 피담므까지 힘들어했다. 그늘을 찾아 눕곤 혓바닥을 쑥 내놓고 헐떡거리는 것을 보면 알 수 있었다.

"저런 곳에 뭐가 있다고!"

홍당무는 중얼거렸다.

'흥, 맘대로 후려갈겨 봐요. 쐐기풀이나 때려눕힐 뿐이지. 내가 토끼

라도 이런 더위 속에서는 뛰어다니지 않겠다. 풀잎 속에 구덩이를 파 놓고 시원하게 들어가 있지.'

그리곤 그렇게 생각했다.

르픽 씨는 울타리를 뛰어넘어 다른 밭으로 들어갔다. 그리곤 말먹이 풀밭을 열심히 뒤지기 시작했다. 그런 기세라면 토끼 두세 마리는 잡을 수 있을 것 같았다.

홍당무는 르픽 씨에게로 갔다.

'아빠가 기다리라고 했지만 도저히 가만 있을 수가 없어. 시작이 나쁘면 끝도 나쁘다고, 이대로 가만 있다간 아무래도 빈손으로 돌아가 겠어. 그럴 바엔 그 방법을 쓰는 수밖에. 피람프가 녹초가 되고 내가 쓰러지긴 전에.'

순진하게도 홍당무는 미신을 꽤나 신봉했다. 따라서 사냥에 나서면 이런 식으로 생각하곤 했다.

1. 자신이 모자 가장자리를 만질 때
　—피람프가 사냥감을 발견한다.
2. 자신이 모자를 벗을 때
　—자고새가 날거나 토끼가 불쑥 뛰어나온다.
3. 다시 모자를 쓰거나, 모자를 들고 경례하는 시늉을 할 때
　—르픽 씨가 실수를 하거나 사냥감을 맞추거나 한다.

물론 이 경우가 백 프로 다 들어맞는 것은 아니었다. 자꾸 되풀이 하면 효과가 없어지는 것 같기도 했다. 왜냐하면 운명의 여신이 똑같은 신호에 똑같은 대답을 하기 싫어하기 때문이었다.

그런 까닭에 홍당무는 적당한 기간을 두고 그 방법을 써먹었다.

홍당무는 모자 가장자리를 만졌다. 그러자 신통하게도 피람므가 털을 곤두세우고 꼬리를 번쩍 들었다. 사냥감을 발견한 것이다.

르픽 씨는 엽총의 개머리판을 어깨에 매고 발소리를 죽여 가며 사냥감에 다가갔다.

홍당무는 숨까지 멈춘 채 가만히 서 있었다. 솟구쳐 오르는 감동으로 숨이 막힐 것 같았다.

"쏘는 거 봤니?"

홍당무가 다가가자 르픽 씨가 물었다. 손에는 아직 따뜻한 토끼가 들려져 있었다. 르픽 씨는 토끼의 배를 눌러 마지막 똥을 짜냈다.

"왜 웃는 거냐?"

"아빠가 그놈을 잡은 건 다 내 덕분이에요."

홍당무가 말했다. 그리곤 자신의 비밀스러운 방법을 이야기했다.

"너 제 정신으로 그런 말을 하는 게냐?"

홍당무   늘 들어맞는다고 할 순 없지만 그래도…….
르픽 씨   알았으니 그만 해라. 바보 같으니라고! 아빤 네가 머리 좋
        은 아이라는 평판을 그대로 유지했으면 좋겠다. 그러니까 다른 사
        람들 앞에선 절대 그런 말은 하지 말도록 해라. 비웃음거리밖에 안
        될 테니. 혹시 아빨 놀리려고 지어낸 말은 아니니?
홍당무   아니오. 하지만 아빠 말이 맞아요. 죄송해요. 난 아직 철이
        들려면 멀었나 봐요.

파 리

사냥은 계속되었다.

홍당무는 공연히 쓸데없는 말을 했다는 생각에서 어깨를 잔뜩 웅크리고 있었다. 아무래도 바보 같은 짓이었다. 다른 사람이 그런 말을 했다면 아마 미쳤다고 생각했으리라.

홍당무는 억지로 기운을 내어 르픽 씨를 따라갔다.

르픽 씨가 왼쪽 발로 디딘 곳은 자신도 왼쪽 발로 디디려고 노력했다. 그러자니 마치 귀신에게 쫓기듯 열심히 걷지 않을 수 없었다. 오디며 똘배며 산사자를 딸 때만 잠깐씩 쉬었다.

산사자 열매를 먹으면 입 안이 죄었지만 하얗게 말랐던 입술이 원래의 빛으로 돌아왔으며 갈증도 나지 않았다.

르픽 씨의 사냥 망태기에는 꼬냑이 한 병 들어 있었다. 홍당무는 그것을 홀짝홀짝 한 모금씩 마셨다.

그렇게 마시다 보니 어느 사이에 바닥이 드러나 있었다. 르픽 씨는 르픽 씨대로 사냥에 열중하느라 한 모금 달라는 소리조차 없었다.

"아빠, 한 모금 마실래요?"

홍당무가 물어도,

"필요 없다."

라는 대답뿐이었다.

홍당무는 마지막 한 모금까지 다 마시고 병을 비웠다. 머리가 조금 어지러운 것이 다리가 후들거렸다.

비틀비틀 르픽 씨를 따라가던 홍당무가 갑자기 멈춰 서서 귀에 손가락을 넣어 마구 후벼팠다.

"아빠, 귓속에 파리가 들어갔나 봐요."

르픽 씨　　꺼내면 되잖니?

홍당무　　안으로 완전히 들어갔어요. 손가락이 닿질 않아요. 윙윙 소리만 나요.

르픽 씨　　그럼 내버려 둬라. 저절로 죽을 테니.

홍당무　　그러다 알이라도 낳으면 어떡해요. 또 집을 지으면요?

르픽 씨　　손수건을 쑤셔 넣어 죽여 버려.

홍당무　　차라리 꼬냑을 넣어 빠져 죽게 할까요? 그래노 괜찮겠쇼?

"아무 거나 넣어!"

르픽 씨가 소리쳤다.

"그런데 얼른 해야 할 거다."

홍당무는 병 주둥이를 귀에 대고 흔드는 척했다. 르픽 씨가 갑자기 술을 달라고 할까 봐 미리 잔꾀를 부린 것이었다.

"아빠, 이젠 아무 소리도 안 들려요. 죽었나 봐요. 그런데 그 파리 녀석이 꼬냑을 모두 마셔 버렸어요."

홍당무가 르픽 씨를 쫓아가며 명랑하게 외쳤다.

첫 번째 도요새

LA PREMIÈRE BECASSE

"여기서 잠깐 기다리고 있거라."

르픽 씨가 멈춰 서며 말했다.

"여기가 이 근방에선 제일 좋은 사냥터다. 아빠가 피람므를 데리고 한 바퀴 돌면서 도요새를 몰고 올 테니 '삐삐' 하는 소리가 들리거든 얼른 눈을 크게 뜨고 봐. 도요새가 네 머리 위로 날아올 거다."

르픽 씨의 말에 홍당무는 두 팔로 엽총을 비스듬히 안았다. 처음으로 도요새 사냥을 하게 된 것이었다.

전에도 르픽 씨의 총으로 메추리 한 마리를 잡고, 자고새의 날개를 스치고, 토끼를 놓친 적은 있었다. 그러나 그때에는 메추리가 땅 위를 걷고 있었다.

홍당무는 메추리를 발견하곤 그대로 서 버렸다. 그리곤 잿빛의 동그란 공 모양의 메추리를 우두커니 바라보고만 있었다.

"뒤로 좀 물러나. 너무 가까워."

르픽 씨가 주의를 주었건만 홍당무는 본능적으로 앞으로 나아갔다. 그리곤 총을 어깨에 대고 바로 방아쇠를 당겼다.

메추리는 땅바닥에 곤두박질치고 말았다. 그러나 워낙 가까운 곳에서 쏘았기 때문에 메추리는 가루가 되다시피 하여 흔적도 없이 사라지고 말았다. 깃털 몇 개와 피투성이가 된 주둥이만 남긴 채.

그것은 그렇다 치고, 사냥꾼으로 이름을 날리기 위해서는 필히 도요새를 잡아야 했다. 따라서 지금 이 순간은 홍당무의 생애에서 가장 기념될 만한 날일지도 몰랐다.

그런데 저녁놀에서는 착시를 하기가 쉬웠다. 여러 가지 물체가 흔들려 보이는 것이었다. 모기가 날아와도 흔들려 보이므로 새로 착각하기 쉬웠다.

홍당무는 마음을 단단히 먹고 도요새가 나타나길 애타게 기다렸다.

보통 지빠귀는 그맘때쯤 목장에서 돌아와 참갈나무 사이로 흩어지며 둥지로 돌아간다.

홍당무는 먼저 눈의 적응력을 높이기 위해 둥지로 돌아가는 지빠귀를 향해 총을 겨누어 보았다. 총대에 서리는 습기는 소매로 닦아 냈다. 낮게 부는 바람에 의해 낙엽이 여기저기에서 굴러다니고 있었다.

이윽고 도요새 두 마리가 하늘 높이 치솟았다. 도요새는 기다란 주둥이로 인해 나는 것이 둔했다. 암수인 모양으로 서로 쫓고 쫓기며 정답게 숲 위를 빙빙 돌았다.

도요새는 르픽 씨 말대로 '삐삐' 하며 울었다. 그러나 너무 소리가 작아 홍당무는 과연 자신이 있는 쪽으로 날아올까 싶었다. 그래도 도요새에 눈을 고정시킨 채 절대로 한눈을 팔지 않았다.

곧 머리 위로 스치는 두 그림자가 보였다. 홍당무는 개머리판을 배에 대고 하늘을 향해 방아쇠를 당겼다.

순간 두 마리 가운데 한 마리가 주둥이를 아래로 향한 채 밑으로 떨어졌다. 총소리가 숲의 구석구석으로 메아리치며 울려 퍼졌다.

홍당무는 날개가 부러진 도요새를 주워 들곤 자랑스레 흔들었다. 화약 냄새가 짙게 풍겨 왔다.

피람므가 르픽 씨보다 앞서서 달려왔다. 르픽 씨는 여느 때처럼 서두르지도 않았지만 그렇다고 꾸물거리지도 않았다.

‘틀림없이 깜짝 놀랄 거야.’

홍당무는 르픽 씨의 칭찬을 기대하며 자랑스레 어깨를 폈다. 그러나 우거진 나뭇가지를 헤치고 나타난 르픽 씨는 그리 대견한 표정이 아니었다.

“왜 두 마리 다 잡지 않았니?”

르픽 씨는 덤덤한 목소리로 아직도 화약 냄새에 싸여 있는 홍당무에게 말했다.

낚시 바늘

L'HAMEÇON.

　홍당무는 잡아온 물고기의 비늘을 긁고 있었다. 물고기 중에는 모래무지며 잉어며 농어까지 섞여 있었다.

　홍당무는 그것들의 배를 갈라 두 겹으로 된 투명한 공기 주머니와 내장을 꺼냈다. 거품이 하얗게 인 물통 위에 기대어 일을 하면서도 옷이 더러워지지 않도록 조심했다.

　홍당무는 공기 주머니는 발로 밟아 터뜨리고 내장은 따로 모았다. 고양이에게 주기 위해서였다. 그렇게 곁눈질도 하지 않고 부지런히 일했다.

　"수고했다."

　잠깐 살피러 나왔던 르픽 부인이 말했다.

"오늘은 맛있는 튀김거리를 잡아 왔구나. 하려고만 하면 너도 아주 잘 하는구나."

르픽 부인은 홍당무의 목과 어깨를 다정스레 쓰다듬어 주었다. 홍당무는 어쩐지 쑥스러워 어깨를 움츠렸다. 그런데 르픽 부인이 홍당무에게서 손을 떼는 순간이었다.

"아악!"

르픽 부인은 진저리를 치며 소리쳤다. 손가락 끝에 낚시 바늘이 꽂힌 것이었다.

에르네스틴느 누나가 가장 먼저 달려왔다. 훼릭스 형도 쫓아왔다. 그리고 얼마 뒤 르픽 씨도 나왔다.

"왜 그러세요!"

세 사람이 동시에 물었다.

르픽 부인은 얼른 손가락을 양쪽 무릎 사이에 끼워 넣었다. 그 바람에 낚시 바늘이 더욱더 깊이 꽂혔다.

훼릭스 형과 에르네스틴느 누나가 부인을 부축했다. 르픽 씨는 팔을 잡아 올렸다.

낚시 바늘은 손가락을 꿰뚫고 있었다. 르픽 씨가 대뜸 빼내려 하였다.

"안 돼요, 그러면!"

르픽 부인이 쇳소리로 고함을 쳤다. 낚시 바늘은 휘어진 채 끝에 고리가 날려 있었던 것이다.

르픽 씨는 코걸이 안경을 썼다.

"안 되겠어. 바늘을 부러뜨려야지."

르픽 씨가 말했다. 그러나 방법이 없었다. 낚시 바늘은 고급 강철로 되어 있었던 것이다.

르픽 부인은 르픽 씨가 조금만 힘을 주어도 비명을 질러 댔다. 마치 심장이라도 난도질당하는 듯 고통스러운 소리였다.

"그렇다면……."

르픽 씨는 비장한 결심이라도 한 듯 입을 열었다.

"살을 찢는 수밖에!"

르픽 씨는 코걸이 안경을 단단히 고쳐 쓰고 칼을 꺼냈다. 그리곤 당장 부인의 손가락을 쓱쓱 베기 시작했다. 그러나 너무 살살 베는 탓에 칼날이 살집에 들어가지 않았다. 한참 만에야 피가 조금 나올 뿐이었다.

"아파, 아프다니까요!"

르픽 부인이 소리치자 주위 사람들은 모두 벌벌 떨었다.

"아빠, 좀 빨리 하세요."

에르네스틴느 누나가 재촉했다.

"그렇게 엄살 부리면 안 된다니까요."

휄릭스 형이 거들고 나섰다.

르픽 씨는 결국 용기를 내어 칼을 쥔 손아귀에 힘을 넣었다. 그리곤 살에 깊숙이 칼날을 박았다.

"백정 같으니, 이 인간 백정 같으니!"

르픽 부인은 악을 쓰다 정신을 잃고 말았다. 그 기회를 놓칠세라 르픽 씨는 마치 미친 사람처럼 살집을 뜯어 냈다.

마침내 낚시 바늘이 떨어져 나왔다.

"휴우!"

르픽 씨는 한숨을 쉬었다.

홍당무는 르픽 부인이 비명을 지르자마자 밖으로 뛰쳐나왔다. 너무 무서웠던 것이다. 당장 눈앞에서 벌어지고 있는 현장도 그렇거니와 부인이 화낼 것을 생각해도 그랬다.

홍당무는 계단에 걸터앉아 두 손으로 머리를 감싸쥐고 곰곰이 생각해 보았다. 도대체 이 날벼락 같은 사건이 어떻게 시작된 것일까. 마지막으로 낚싯줄을 던질 때 낚시 바늘만 등에 걸려서 꽂혀 있었던 것일까.

'그때 물고기는 걸리지 않고 낚시 바늘만 없어진 게 수상했어.'

홍당무는 혼잣소리로 중얼거렸다.

르픽 부인의 신음 소리가 가늘게 새어 나왔다. 그러나 아무리 들어도 별로 슬프지가 않았다.

좀더 시간이 지나면 르픽 부인 대신 홍당무 자신이 큰 소리를 지르며 울어 댈 것이었다. 그렇게 되면 르픽 부인은 복수한 셈치고 자신을 그대로 내버려 둘 것이다.

"무슨 일이니?"

이웃들이 몰려와 물어도 홍당무는 아무런 대답도 하지 않았다. 대신 손으로 귀를 틀어막고 고개를 숙였다. 그 바람에 빨간 머리카락이 두 손에 가려 보이지 않게 되었다.

이웃 사람들은 계단 밑에 줄지어 서서 웅성댔다.

마침내 르픽 부인이 밖으로 나왔다. 어린아이를 낳은 여자처럼 얼굴이 핼쑥했다. 그러면서도 한편으로는 고통을 이겨낸 자랑스러움이 배겨 있었다.

르픽 부인은 붕대를 감은 손가락을 앞으로 내밀었다. 얼마나 아픈지 잔뜩 인상을 썼지만 애써 미소지었다.

"너 때문에 정말이지 죽을 뻔했다. 하지만 엄만 널 원망하지 않아. 네 잘못이 아니니까."

홍당무는 이제까지 이렇게 다정한 목소리를 들은 적이 없었다. 깜짝 놀라 얼굴을 들어 보니 르픽 부인의 손가락이 헝겊과 실로 둘둘 말려져 있었다.

홍당무의 맑디맑은 두 눈에 금방 눈물이 가득 고였다.

르픽 부인은 몸을 굽혔다. 홍당무는 얼른 팔을 굽혀 막으려 했다. 버릇이 되어 버린 것이었다. 그러나 부인은 아무렇지도 않게 홍당무에게 입을 맞추었다.

홍당무는 어리둥절했다.

"아직도 엄마가 화났다고 생각하니? 용서해 준다고 했잖아."

르픽 부인이 다정하게 말했음에도 홍당무는 크게 울 뿐이었다.

"남이 들으면 목이라도 조르는 줄 알겠다. 바보같이!"

르픽 부인의 모습에 이웃 사람들은 감동 받은 듯했다. 그들은 부인이 낚시 바늘을 보여 주자 다들 신기한 듯 보았다. 그 가운데 "이건 8호가 분명해."라고 말하는 사람도 있었다.

사람들이 수군거리는 가운데 르픽 부인이 사고가 났을 때의 상황에 대해 늘어놓기 시작했다.

"정말 그 순간엔 애를 죽이고 싶더라구요. 사랑하는 자식만 아니라면요. 세상에 이렇게 작은 낚시 바늘이건만 꼭 죽는 줄 알았다니까요."

에르네스틴느 누나는 바늘을 마당 한구석에 묻어 진흙으로 덮어두자고 했다. 그러자 훼릭스 형이 반대하고 나섰다.

"그냥 나 둬! 이건 내가 가질 거야. 이걸로 낚시질을 할 거란 말야. 엄마를 낚은 바늘인데 뭐는 못 낚겠어. 이걸로 허벅다리만큼 큰놈을 낚아야지. 멋있을 거야!"

훼릭스 형은 홍당무의 등을 툭툭 두들겼다.

홍당무는 여전히 어리둥절할 뿐이었다. 벌을 받지 않은 까닭을 알지 못했기 때문이었다.

　그러나 언제 어떻게 변할지 모르는 르픽 부인이었다. 그래서 홍당무는 깊이 반성하고 있다는 것을 나타내기 위해 애써 쉰 목소리를 내었다. 눈에 눈물을 가득 담은 채.

은 화

LA PIÈCE D'ARGENT

1

르픽 부인   홍당무, 너 혹시 뭐 잃어버린 거 없니?

홍당무   없는데요.

르픽 부인   찾아보지도 않고 무조건 없다고 해? 한번 주머니부터 뒤
      져봐.

홍당무   (주머니를 뒤집어 놓곤, 주머니가 당나귀 귀처럼 늘어지자 무심히
      본다.) 아, 알았다! 주세요, 엄마.

르픽 부인   뭘, 뭐가 없어졌니? 난 그냥 무심코 물어 본 건데. 그래,

뭐가 없어진 거 같니?

홍당무　　몰라요.

르픽 부인　　어머, 애 좀 봐. 또 거짓말을 하려고 하네. 그러지 말고
　　한 번 잘 생각해 봐. 뭘 잃어버렸는데, 혹시 팽이니?

홍당무　　네, 맞아요.

르픽 부인　　거짓말, 팽이는 지난주에 내가 빼앗았잖니.

홍당무　　그럼 칼이오.

르픽 부인　　어떤 칼? 누가 네게 칼을 줬니?

홍당무　　아니오.

르픽 부인　　얼간이 같은 녀석! 이러다간 정말 끝이 없겠다. 내가 꼭
　　널 미친놈으로 몰고 가는 것 같잖니. 지금 이 자리엔 너와 나밖에
　　없지만 절대 옥박지르는 게 아냐. 자, 엄말 사랑한다면 솔직하게 털
　　어와 봐. 너 은화 잃어버렸지? 맞지? 내가 뭘 알고 있어서 이러는
　　게 아니라 아무래도 그런 것 같아서 하는 소리야. 아니라고 말 못
　　하겠지? 봐라, 벌써부터 코가 벌름거리잖니.

홍당무　　그래요, 엄마. 그 은환 일요일에 대부 아저씨가 주신 거예요.
　　잃어버려서 정말 속상해요. 하지만 깨끗하게 단념할 거예요. 은화
　　하나쯤 있으나 없으나 마찬가지니까요.

르픽 부인　　그게 무슨 건방진 말버릇이야! 그럼 넌 대부 아저씨 기분
　　따윈 아무래도 좋단 말이니? 그토록 너를 귀여워하시는 분인데?

홍당무　　하지만 엄마, 전 이렇게 생각하기로 했어요. 제가 좋아하는
　　일에 그 돈을 썼다고요. 또 아무리 아저씨가 좋다고 해도 평생 그
　　돈을 가지고 있을 순 없잖아요.

르픽 부인　　그만둬라! 뭐 좀 물어 보면 아주 심각한 얼굴을 하고 대
　　답하는 꼴이라니! 하지만 돈을 준 사람이 그렇게 해도 좋다는 말을

하기 전엔 돈을 잃어버려서도 안 되고 써서도 안 되는 거야. 그런데 넌 돈을 잃어버렸어. 어디 대신 내놓을 돈이 있으면 한번 내놔봐. 찾아내든 만들어 내든. 어서 가 봐. 쓸데없는 말은 그만 늘어놓고.

홍당무　네, 엄마.

르픽 부인　"네, 엄마" 소리도 이제 그만 해라. 그리고 분명하게 말해두는데, 콧노래를 하거나 잇사이로 휘파람을 불며 마부 흉내를 내면 혼날 줄 알아!

2

홍당무는 마당을 서성거렸다. 코가 막혀 몇 번 징징거리는 소리를 내다 훌쩍거리기도 했다.

르픽 부인이 감시하고 있는 듯하면 잠깐 멈춰 섰다. 아니면 쪼그리고 앉아 손가락 끝으로 수영풀 뿌리나 잔잔한 모래를 후벼파기도 했다. 그러다 르픽 부인이 사라지면 다시 코를 쳐들고 왔다갔다했다.

'도대체 은화는 어디 갔지? 혹시 저 나무 꼭대기 위에 있나?'

홍당무는 은화에 대한 생각을 떨쳐 버릴 수가 없었다.

무심히 길을 가다 보면 은화가 아닌 금화도 발견할 수 있었다. 그런 일은 누구나 한두 번쯤은 경험해 보았으리라. 그러나 일부러 찾으려 한다면, 무릎이 헤어지도록 다녀도 핀 하나 줍지 못할 것이다.

홍당무는 은화를 찾는 일이 싫었다. 가망 없는 일인 줄 알기 때문에 애초부터 의욕이 없었다. 또 쉽게 지쳤다.

르픽 부인도 이제 은화 따위에 대해서는 잊어버렸을 것이다. 어쩌면 그 동안 마음도 가라앉아 돈을 못 찾았다 해도 야단치지 않을지도 모르겠다. 그렇다면 이제 집으로 들어가도 되지 않을까. 홍당무는 조심스레 안으로 들어가며 생각했다.

"엄마, 엄마."

먼저 홍당무는 작은 소리로 르픽 부인을 불러 보았다.

부인의 모습은 아무 데도 없었다. 막 나갔는지 바느질 탁자 서랍이 열려 있었다. 서랍 안에는 바늘이며 흰색 실, 검정색 실, 붉은색 실이 은화 몇 개와 뒹굴고 있었다.

은화는 그 속에서 얼마나 오래 있었는지 빛이 바랜 채였다. 그런 상태에서 서랍을 여닫을 때마다 이리 밀리고 저리 밀리곤 했다.

개수도 알 수 없었다. 세 개인 듯싶기도 하고, 네 개인 듯싶기도 했다. 또 여덟 개처럼 보이기도 했다. 정확히 알고자 한다면 아무래도 서랍을 탁자 위에 뒤엎어 놓고 실 꾸러미를 일일이 헤쳐 보아야 할 것이다.

순간 홍당무는 이것이 절호의 기회라는 것을 직감했다. 중대한 일이 있을 때마다 번번이 기회를 놓쳤지만 이번만큼은 그럴 수 없었다.

홍당무는 팔을 뻗어 은화를 잡았다. 그리곤 그대로 도망쳤다.

그 자리에서 잡혔다가는 어떤 일이 벌어질지 뻔했다. 따라서 홍당무는 후회도, 망설임도, 또 바느질 탁자로 되돌아가는 위험도 떨쳐 버릴 수밖에 없었다.

홍당무는 쏜살같이 마당으로 내려갔다. 이제는 어차피 그만둘 수도 없는 형편이었다.

마당의 좁은 길을 돌아다니다가 홍당무는 적당한 곳에 은화를 떨어뜨렸다. 그리곤 발뒤축으로 힘껏 밟아 땅바닥에 쑤셔 박았다.

잠시 후 홍당무는 엉금엉금 기어서 콧등으로 풀잎을 헤치며 마당을 기어 다녔다. 그러면서 되는대로 동그라미를 그렸다. 마치 눈을 가린 어린아이가 숨겨 놓은 물건을 찾는 장난을 하는 것과 같았다.

그 장난에는 옆에서 장단을 맞추는 아이가 있다. 장단 맞추는 아이가 속이 타는 듯 다리를 두드리며 이렇게 외치면 놀이가 한층 더 재미있다.

"빨리 빨리! 창고에 불이 붙었어!"

3

홍당무   찾았어요, 엄마! 은화를 찾았어요!

르픽 부인   그래? 나도 찾았는데.

홍당무   네? 이것 보세요, 여기 있잖아요.

르픽 부인   여기도 있단다.

홍당무   좀 보여 주세요.

르픽 부인   너부터 보여 주면.

홍당무   (손바닥을 펼쳐 은화를 보여 준다.)

르픽 부인   (같이 손바닥을 펼친다.)

홍당무   (할 말을 준비한다.) 엄만 어디서 찾았어요? 전 배나무 뿌리 근처에서 찾았는데. 이걸 찾으러 그 주위를 스무 번도 더 돌았어요. 그런데 어느 순간 반짝이는 게 눈에 띄는 거예요. 그래서 얼른 주웠지요. 틀림없이 제 주머니에서 떨어진 거니까요. 언젠가 거기서 뒹굴며 논 적이 있거든요. 한번 가서 볼래요? 얼마나 교묘하게 숨겨져 있었던지 일부러 감추려고 해도 그렇게 감추기는 힘들 거예요.

르픽 부인   일부러 감춘 게 아니다. 네 건 네 다른 웃옷 주머니 속에 있었으니까. 옷을 갈아 입을 때 주머니 속을 뒤져보라고 그렇게 일렀건만 말을 듣지 않다니, 그래서 버릇을 고쳐 주려고 잠깐 빼놓았던거다. 그런데 찾으면 나온다더니 정말 그렇구나. 이제 네 은화는 하나가 아니라 두 개가 되었구나. 아주 큰 부자가 됐는데. 하지만 돈만으로는 행복할 수 없을걸.

홍당무   그럼 이제 놀러 가도 되나요?

르픽 부인   그래, 놀다 오너라. 어린애 같은 장난은 하지 말고. 은화는 네가 다 가져라.

홍당무   아녜요, 하나면 돼요. 그것도 필요할 때까지 엄마가 갖고 계세요.

르픽 부인   아냐, 계산은 정확하게 해야지. 네 은화는 네가 갖고 있어. 대부 아저씨한테 얻은 것과 배나무 밑에서 찾은 것 둘 다. 그런데 아무리 생각해도 모르겠네. 대체 누가 거기에 은화를 흘려 놨을까? 넌 짐작 가는 데라도 있니?

홍당무   모르겠어요. 하지만 누구든 무슨 상관이에요. 그럼 엄마, 잠깐 놀다 올게요.

르픽 부인   잠깐, 혹시 정원사 거 아닐까?

홍당무   물어 보고 올까요?

르픽 부인   아니, 잠깐만 같이 생각해 보자꾸나. 아빤 그 나이에 돈을 떨어뜨리는 일은 없을 게고, 누나는 동전만 생기면 저금통에 넣어 버리고, 형은 잃어버릴 겨를도 없이 써 버리고. 혹시 내가 떨어뜨린 거 아닐까?

홍당무   엄만 무엇이든 꼼꼼하게 정돈해 놓잖아요.

르픽 부인   아무리 그래도 때론 실수를 하는 법이지. 좋아, 이제 곧 알게 될 테지. 아무래도 이건 내 거 같구나. 이제 그만 하자. 얼른 놀다 오너라. 하지만 너무 멀리 가면 안 돼. 엄만 그 동안 바느질 탁자 서랍 좀 뒤져봐야겠다.

벌써 저만큼 뛰어나가던 홍당무가 홱 돌아섰다. 그리곤 잠깐 머뭇거리다가 르픽 부인의 뒤를 따라갔다.
이윽고 부인 앞에 서게 된 홍당무는 아무 말도 하지 않고 한쪽 뺨을 내밀었다.

르픽 부인   (오른손을 번쩍 든다.) 네가 거짓말쟁이란 건 알고 있었지만 이 정도까진 줄은 미처 몰랐구나. 거짓말에 거짓말을 덧붙이다니. 계속 그런 식으로만 해 봐라. 바늘 도둑이 소 도둑 될 테니. 그러다 나중엔 엄마까지 잡아먹을 테지.

르픽 부인의 손바닥이 홍당무의 뺨을 향해 사정없이 날아들었다.

자신만의 견해

LES IDÉES PERSONNELLES

　홍당무는 르픽 씨와 훼릭스 형, 에르네스틴느 누나와 함께 난롯가에 앉아 이야기를 나누고 있었다. 난로 속에는 뿌리가 있는 통나무가 활활 타고 있었다.

　네 사람은 모두 의자에 앉아 배를 젓듯 몸을 앞뒤로 흔들고 있었다. 그때마다 의자에서는 끽끽거리는 소리가 났다.

　마침 르픽 부인이 없어 홍당무도 자신의 의견을 마음껏 발표할 수 있었다.

　"제 생각으로는 가족이라는 말이 아무 의미가 없는 것 같아요. 물론 전 아빠를 사랑해요. 하지만 그건 우리 아빠이기 때문이 아니라 아빠가 절 사랑해 주기 때문에 저도 사랑하는 거예요. 사실 아빤 아빠로서의 자격은 거의 없는 편이에요. 그래서 전 아빠의 애정을 더욱 큰 호의라고 보는 거죠. 그러니까 아빤 아무 의무감도 없이 호의를 베푸시는 거죠."

홍당무가 말했다.

"흐음!"

홍당무의 말에 르픽 씨는 잠깐 생각에 잠겼다.

"그럼 우린 어떠니?"

훼릭스 형과 에르네스틴느 누나가 동시에 물었다.

"같은 이치야. 우연이라는 것이 나의 형과 누나로 만들었을 뿐이야. 그렇다고 내가 형과 누나한테 고마워할 필요는 없잖아? 우리 세 사람이 한 식구가 됐다고 해서 싫어할 것도 없고. 그게 두 사람 잘못은 아니니까. 그러니까 내가 형과 누나와 형제가 된 데 대해서는 하나도 고마워할 게 없다는 거야. 형이 나를 보호해 주고, 누나가 여러 가지로 세심하게 마음 써 주는 건 고맙게 생각하지만."

"그래?"

훼릭스 형이 고개를 갸우뚱했다.

"어떻게 그런 생각을 할 수 있니?"

에르네스틴느 누나 역시 놀란 모양이었다.

"내 말뜻은."

홍당무가 얼른 덧붙였다.

"그렇게 생각할 수도 있다는 거야. 난 다만 부드럽게 표현하지 않았을 뿐이지. 엄마가 여기 있다 해도 난 똑같이 말할 수 있어."

"절대 그러지 못할걸."

훼릭스 형이 코웃음을 쳤다.

"왜, 내 말이 잘못됐다는 거야? 이상하게 생각하지 마. 난 결코 애정 결핍에서 이러는 게 아니니까. 오히려 난 누구보다도 형과 누나를 사랑하고 있어. 하지만 내 사랑은 평범하고 세속적인 게 아냐. 이성적이며 논리적인 사랑일 뿐이지. 논리적, 이게 바로 내 마음을 나타내는 단어야."

홍당무는 자신 있게 말했다.

"이해하지도 못하는 말을 함부로 쓰는 버릇은 언제 고칠 거냐?"

르픽 씨가 벌떡 일어나 침실로 가며 말했다.

"그 나이에 남을 설교하려는 버릇도 그렇고. 만약 돌아가신 네 할아버지 앞에서 내가 그랬다간 당장 뺨을 맞았을 거다. 그래서 내가 당신의 아들이라는 것을 뼈저리게 느끼게 하셨을 거야."

"심심풀이로 해 본 말이에요."

홍당무는 불안해서 얼른 변명을 했다.

"잠자코 있는 편이 더 좋았겠다."

르픽 씨는 촛불을 들고 나가며 말했다. 그 뒤를 훼릭스 형이 따랐다.

"안녕, 함께 사는 어린 친구!"

훼릭스 형이 나가면서 말했다.

"잘 자."

에르네스틴느 누나는 심각한 얼굴로 간단하게 인사를 했다.

홍당무는 순식간에 외톨이가 되어 어쩔 줄 몰랐다. 전날 르픽 씨는 분명하게 말하지 않았나. 깊이 생각하는 것을 배우라고.

"사람이 무어냐?"

르픽 씨는 먼저 그렇게 물었었다.

"이 세상에 '사람'이라는 건 없다. 모든 사람이라는 말은 아무도 아니라는 뜻이다. 너는 귓전으로 얻어들은 것을 성경 외듯이 지껄인다만 조금은 네 생각대로 말하는 버릇을 길러 봐라. 단 한 마디라도 좋으니 말이다."

그런 뜻에서 해 본 말이었는데 처음부터 호되게 당한 것이었다.

홍당무는 난로에 재를 뿌리고 의자를 벽 쪽으로 옮겨 놓았다. 탁탁 소리를 내며 장작을 태우던 난로가 금세 조용해졌다.

홍당무는 벽시계에 절을 하곤 침실로 갔다.

홍당무의 침실은 헛간의 계단과 통해 있었으므로 '헛간 방'이라고 불렸다.

여름에는 아주 시원해서 사냥에서 잡아온 짐승들은 으레 그 방에 갖다 놓았다. 지금도 토끼가 코에서 피를 흘린 채 접시에 얹혀져 있다. 암탉에게 줄 싸라기를 가득 담은 바구니도 몇 개 놓여 있다.

홍당무는 소매를 걷어올렸다. 그리곤 바구니에 손을 넣어 싸라기를 휘저었다.

어느 때는 옷걸이에 걸려 있는 집안 식구들의 옷이 섬찟하기도 했다. 마치 자살한 사람들이 조심스럽게 반장화를 선반에 얹어 놓고 목을 졸라맨 것 같았다.

그런데 그날 밤, 홍당무는 전혀 무섭지 않았다. 그래서 침대 밑으로 기어들어가지 않았다. 달빛도 그림자도 마당의 우물도 무섭지 않았다.

무섭다고 생각하면 틀림없이 무서워질 것이다. 그러나 홍당무는 절대 무서워하지 않기로 했다.

셔츠 하나만 입고도 바닥의 차가움을 잊은 듯이 발뒤꿈치로 걷는 것도 잊고 침대로 갔다.

침대 속에서 홍당무는 여기저기가 부풀어오른 바람벽을 보았다. 습기로 인해 부푼 것이었다.

벽을 보며 홍당무는 다시 '자신의 견해'를 펼치기 시작했다. 이제부터는 가슴 속 깊이 접어 두어야 했으므로 '자신만의 견해'라고 해야 하겠지만.

폭풍 속의 나뭇잎들

홍당무는 오랫동안 포플러나무를 보고 있었다. 멍하니 공상에 잠긴 채 꼭대기의 잎사귀가 흔들리는 것을 보았다. 잎사귀는 나무에서 떨어진 듯 보였다. 그래서 줄기도 없이 자유롭게 움직이는 듯했다.

날마다 동이 틀 때와 노을이 질 때면 황금빛으로 빛나는 잎사귀였다. 그러다 정오에 가까워지면서 점점 그 빛을 잃어 갔다. 그때가 되면 잎이라기보다 얼룩으로 보일 때가 많았다. 그때가 되면 홍당무도 같이 마음이 어두워졌다.

그때 잎사귀가 신호를 보냈다.

그 신호를 시작으로 바로 밑의 다른 잎사귀도 신호를 보냈다. 그러자 그 잎사귀는 또다시 다른 잎사귀에게 신호를 보내고, 이렇게 하여 잎사귀 전체로 퍼져 나갔다.

그것은 마치 경보음과도 같았는데, 지평선에 둥그스름한 갈색 모자가 나타났기 때문이었다.

포플러나무의 경보음은 옆의 느티나무며 참갈나무며 마로니에나무에까지 전해졌다. 그리하여 마당의 모든 나무들은 몸을 떨면서 속삭였다. 하늘에 둥근 모자가 펼쳐지며 이쪽으로 몰려온다고⋯⋯.

먼저 나무들은 가느다란 가지를 흔들어서 새들로 하여금 노래를 멈추게 했다.

완두콩을 던지는 것같이 변덕스러운 목소리로 노래를 부르던 지빠귀, 목구멍에 페인트칠이라도 한 듯 꾸르륵 꾸르륵 소리를 내던 산비둘기, 연미복과 같은 꼬리를 달고 있는 까치까지 일제히 숨을 죽였다.

이제 나무들은 굵직한 가지를 휘둘러서 적에게 겁을 주기 시작했다. 그러나 납빛의 둥근 모자는 겁내지 않고 점점 가까이 밀려들어왔다.

둥근 모자가 서서히 퍼지면서 하늘은 푸른색을 잃고 이내 잿빛으로 변했다. 그렇게 공기 구멍 하나 없이 하늘을 덮어 가는 사이에 홍당무는 숨이 막히는 듯했다.

모자는 가끔 자신의 무게에 휘청거리기도 했다. 종각의 뾰족한 끝에 찢기지 않도록 조심하기도 했다.

먹구름은 벌써 가까이 와 있었다. 누가 건드리지 않아도 그냥 뻥 디길 것 같았다. 이제 나무란 나무는 모두 얽히고 설켜서 성난 가지를 서로 비벼대고 있었다.

홍당무는 잎사귀들 속에 둥근 눈에 하얀 부리의 새 둥지가 많이 있으리라 생각했다.

나뭇가지는 갑자기 축 늘어지는 듯싶더니 이내 번쩍 들려졌다. 그때마다 나뭇잎들이 떼를 지어 날아갔다가 얌전하게 되돌아오곤 했다.

아카시아의 가느다란 잎들은 한숨을 쉬고, 껍질을 벗은 벚나무의 잎들은 애처로운 소리를 냈다. 마로니에의 잎들은 휘파람 소리를 냈으며, 넝쿨진 아리스톨로쉬 잎들은 벽에 붙은 채 파도처럼 출렁댔다.

조금 낮은 곳에서는 무성한 사과나무가 흔들렸다. 그때마다 사과들이 땅에 떨어졌으며, 떨어지는 동시에 둔탁한 소리를 냈다. 훨씬 더 낮은 곳에는 구르베리 나무가 빨간 핏방울을, 검은 구즈베리 나무가 시커먼 핏방울을 흘리고 있었다. 그보다 더 낮은 곳에서는 양배추가 당나귀 귀처럼 흔들어 댔다. 또 양파는 씨앗으로 불룩한 둥근 머리를 터뜨렸다.

홍당무는 나무들이 그러는 이유를 알 수 없었다. 왜 그럴까, 어째서 이런 일이 일어나는 것일까. 천둥도 치지 않고 우박도 내리지 않는데. 또 번갯불도 번쩍이지 않고 비 한 방울 내리지 않는데.

어쨌든 그 시커먼 하늘은, 대낮에 갑자기 밀어닥친 소리 없는 어둠은 초목을 미치게 하고 홍당무를 겁먹게 했다. 이제 둥근 모자는 해를 완전히 뒤덮었다. 그리고도 움직임을 멈추지 않았다.

홍당무는 먹구름이 미끄러지듯 서서히 움직이고 있다는 것을 알았다. 따라서 아무리 거대한 먹구름이라 해도 언젠가는 사라질 것이다. 그때가 되면 초목이나 홍당무는 다시 해를 볼 수 있을 것이었다.

먹구름은 하늘을 가득히 메우고 홍당무의 작은 이마를 힘껏 조였다. 홍당무는 눈을 감았다. 그러자 이번에는 눈까풀을 눌러 왔다. 홍당무는 엄지손가락으로 양쪽 귀를 틀어막고 나머지 손가락으로 눈을 가렸다. 폭풍이 회오리바람을 일으키며 홍당무의 몸 안으로 파고들었다. 그리곤 홍당무의 심장을 꼭 쥐어짜며 조그맣게 뭉쳐 버렸다.

심장은 이제 눈깔사탕만큼이나 줄어들었다.

반 항

1

르픽 부인 홍당무, 착하지? 물방앗간에 가서 버터 한 파운드만 사
　　와라. 빨리 갔다 와야 한다. 네가 올 때까지 식사를 안 하고 기다리
　　고 있을 거니까.

홍당무　싫어요, 엄마.

르픽 부인　왜? 좀 갔다 오라니까.

홍당무　싫단 말예요. 물방앗간엔 절대 안 가요.

르픽 부인　뭐라고? 너 지금 누가 부탁하고 있는 지 아니? 왜 물방앗간엔 안 간다는 거야? 너 혹시 농담 하니?

홍당무　아녜요.

르픽 부인　세상에, 어쩜 이런 일이! 당장 가서 버터 한 파운드 못 사
　오겠니!

홍당무　그렇게 소리 지르지 않아도 잘 들려요. 하지만 안 가요.

르픽 부인　내가 지금 꿈을 꾸고 있나! 어떻게 된 거냐! 네가 내 말을
　안 듣다니! 너 이런 적이 한 번도 없었잖아?

홍당무　그래요.

르픽 부인　엄마 말을 안 듣겠다는 거지?

　홍당무　예, 그래요

르픽 부인　이거 정말 놀라 자빠지겠네! 다시 한 번 말하는데, 냉큼
　갔다 오너라!

홍당무　싫단 말예요.

르픽 부인　시끄러! 당장 갔다 오라면 갔다 와.

홍당무　그럼 입을 다물겠어요. 하지만 가지는 않아요.

르픽 부인　접시 갖고 갔다 와!

2

홍당무는 입을 다문 채 여전히 꼼짝하지 않았다.

"쿠데타가 따로 없구나!"

현관 앞 계단 위에서 르픽 부인이 소리쳤다.

사실 홍당무가 르픽 부인에게 "싫어요!" 하고 말한 것은 이번이 처
음이었다. 더구나 일에 열중하거나, 한창 재미있게 놀고 있을 때도 아

니었는데.

홍당무는 땅바닥에 주저앉아 엄지손가락을 빙빙 돌리고 있는 중이었다. 누가 보기에도 심심해서 못 견디겠다는 표정이었다. 그런데도 눈을 지그시 감은 채 나 몰라라 했다.

"에르네스틴느야, 훼릭스야, 좀 나와 봐라. 아빠도 오시라고 해라. 세상에 이런 일이! 아가트도 오너라, 보고 싶은 사람은 다들!"

르픽 부인은 분해서 어쩔 줄 몰라하며 마구 소리쳤다. 덕분에 큰길을 지나던 사람들까지 몰려왔다.

홍당무는 그들에게서 뚝 떨어진 채 마당 한가운데 앉아 있었다. 코앞에 위험이 닥쳤는데도 전혀 두려워하는 기색도 없었다.

사실 홍당무는 자신의 태도에 몹시 놀랐다. 그런데 더욱 놀라운 것은 르픽 부인이 때릴 생각을 하지 않는다는 것이었다. 너무 황당한 일을 당한 터라 미처 때릴 생각을 못 하고 있는지도 모르겠다.

르픽 부인은 홍당무의 눈이 새빨간 칼날처럼 불타고 있다고 느꼈다. 그래서 잠자코 있으려 해도 저절로 입이 벌어졌다. 가슴 속에서는 분노심이 걷잡을 수 없이 치밀어 올랐다.

"여러분, 글쎄 내 말 좀 들어 보세요!"

르픽 부인은 씩씩 소리를 내며 말했다.

"난 그저 저 애한테 심부름 좀 해 달라고 상냥하게 말했을 뿐이에요. 산책삼아 물방앗간에 갔다 오라고요. 그랬더니 저 애가 뭐라고 했는지 아세요? 한번 직접 물어 보세요. 아니면 내가 꾸며대는 줄 알 테니."

그러나 아무도 물어 보는 사람이 없었다. 홍당무의 태도를 보아 짐작하고도 남음이 있었기 때문이었다.

"조심해. 이러다 혼나면 어쩌려고. 얼른 '네' 하고 대답해. 널 사랑하는 누나 말이니 제발 들어."

　마음씨 착한 에르네스틴느 누나가 다가와 살며시 말했다.

　훼릭스 형은 구경거리라도 생긴 듯 신나했다. 홍당무가 게으름을 피우기 시작하면 모든 심부름이 자신에게 간다는 것을 미처 알지 못한 탓이었다.

　훼릭스 형은 홍당무를 응원하고 싶었다. 이제까지는 홍당무를 얕잡아 보았는데 르픽 부인에게 반항하는 모습을 보니 그런 마음이 싹 사라졌다. 오히려 존경심까지 생기는 것 같았다.

　"세상에, 말세라더니!"

　르픽 부인은 놀란 가슴을 진정시키지 못했다.

　"이젠 내 힘으론 도저히 어쩔 수가 없어. 그만 들어갈래요. 누가 저 짐승 같은 아이를 타일러 보세요. 부자간에 해결을 짓든지."

　"아빠!"

　홍당무는 가라앉은 목소리로 르픽 씨를 불렀다. 자신으로서도 처음 반항해 본 터라 잔뜩 긴장한 상태였다.

　"제발 아빠가 물방앗간에 가서 버터 한 파운드만 사 오라고 하세요. 그러면 두말 않고 사 올게요. 오직 아빠를 위해서요. 하지만 엄마를 위해서라면 절대로 안 가겠어요."

　홍당무는 애정 어린 눈길로 르픽 씨에게 말했다. 그러나 르픽 씨는 기분이 좋기보다는 난처하기만 했다. 기껏 버터 한 파운드를 사 오는 것으로 아버지의 위신을 세운다는 것은 정말 괴로운 일이었다.

　르픽 씨는 너무 어색해서 잠깐 마당을 서성였다. 그러다 어깨를 움츠리곤 휙 돌아서서 얼른 들어가 버렸다.

　사건은 그것으로 일단 중단되었다.

마지막 선언

LE MOT DE LA FIN

르픽 부인은 저녁 식사도 하지 않은 채 자리에 누워 있었다.

나머지 식구들은 아무 말 없이 식사를 했다. 식탁에서 말을 하지 않는 것이 르픽 씨 집안의 오래 된 습관이었지만 그날 따라 식탁에서의 침묵은 어색하기만 했다.

식사가 끝나자 르픽 씨는 냅킨을 식탁에 놓았다.

르픽 씨는 자리에서 일어나 잠시 그대로 서 있다가 불쑥 입을 열었다.

"큰길 언덕까지 산책을 하려는데, 누구 같이 안 갈래?"

홍당무는 르픽 씨가 자신을 데려 가고 싶어한다는 것을 알았다. 그래서 얼른 일어섰다.

홍당무는 여느 때처럼 의자를 벽 쪽으로 옮겨 놓곤 르픽 씨를 따라 나섰다.

처음에는 르픽 씨나 홍당무나 아무 말도 하지 않았다. 틀림없이 할 말이 있어서 홍당무를 데리고 나온 것이었지만 르픽 씨는 한참 동안 이나 조용히 걷기만 했다.

그러는 사이에 홍당무는 르픽 씨가 무엇을 물을지, 또 어떻게 대답 할지에 대해 궁리했다. 분명히 르픽 부인과의 일에 대해 물을 것이었 다.

홍당무는 마침내 결론을 내렸다. 조금 괴로웠지만 후회는 없었다. 낮에 이미 엄청난 일을 겪은 터라 두려움 같은 것도 없었다.

르픽 씨   아까 행동은 어떻게 된 거니? 엄마한테 그렇게 충격을 주 다니.

홍당무   아빠, 전 정말 오랫동안 망설였어요. 하지만 이젠 분명하게 해야겠어요. 솔직히 전 엄마가 싫어요.

르픽 씨   왜? 어떤 점이?

홍당무   엄마의 모든 점이 싫어요. 아주 오래 전부터 그랬어요.

르픽 씨   그거 참 야단났구나. 엄마가 너한테 어떻게 했는지 말해 줄 수 있겠니?

홍당무   이야기하려면 끝이 없어요. 그런데 정말 아빤 아무것도 모 르고 있었나요?

르픽 씨   눈치야 챘었지. 네가 토라져 있는 걸 자주 봤으니까.

홍당무   토라져 있었다는 말을 들으니까 더 화가 나요. 사실 전 진정 으로 남을 원망하지는 못해요. 그냥 토라질 뿐이지. 그러니까 토라 져 있을 땐 그냥 내버려 두면 돼요. 토라질 만큼 토라지고 나면 마

음이 풀리니까요. 특별히 관심 갖지 않아도 괜찮아요. 하지만 가슴
속 깊은 곳에서 분노심이 일 때도 있어요. 너무 심한 모욕을 받았
을 때는요. 그럴 땐 참을 수 없을 정도로 분노심이 느껴져요. 아빠,
미안해요.

르픽 씨   그러면 못 써. 아무리 남에게 모욕을 받았다 해도 곧 잊어
버려야 하는 거야.

홍당무   그게 안 돼요, 정말이에요. 아빤 잘 몰라요. 집에 잘 안 계시
니까요.

르픽 씨   사업상 다니다 보니 그렇게 됐구나.

홍당무   (흥분하여) 아빠, 아빠는 온통 사업 걱정뿐이에요. 하지만 엄
마는, 이렇게 된 이상 다 말할게요. 엄마는 절 때리는 것 말고는 화
풀이 할 데가 없어요. 절 때리는 게 엄마 취미예요. 그렇다고 간첩
모양으로 아빠한테 일일이 일러바칠 수도 없고. 물론 일러바치면
아빤 제 편이 돼 주시겠지만 말예요. 그럼 지난 일부터 얘기할까
요? 아니, 우선 의논할 일이 있어요. 아빠, 전 엄마하고 헤어져 살고
싶어요. 어떻게 하면 그렇게 할 수 있을까요?

르픽 씨   일 년에 두 달, 방학 때만 같이 있는 것도 싫으니?

홍당무   네, 그러니까 방학 때도 기숙사에 있게 해 주세요. 그러면
틀림없이 성적도 오를 거예요.

르픽 씨   그건 가난한 학생들에게만 주어지는 특전이야. 네가 방학
때도 기숙사에 남아 있으면 사람들은 내가 널 버린 줄 알 거야. 그
러니까 너무 네 자신만 생각하면 안 돼. 또 그렇게 되면 아빠도 못
만나게 되잖니?

홍당무   면회하러 오시면 되잖아요?

르픽 씨   그건 너무 돈이 많이 든단다. 생각해 봐라, 거기까지 가려

면 얼마나 돈이 드는지.

홍당무　사업상 그곳을 지날 때 들르시면 되잖아요. 조금 돌아서 오실 수도 있고.

르픽 씨　안 돼. 아빤 이제까지 형이나 누나와 똑같이 널 대해 왔어. 누굴 더 특별히 대우한다든지 하는 일은 결코 안 했어. 앞으로도 그럴 생각이고.

홍당무　그렇다면 학교를 그만두겠어요. 기숙사도 나와 버리고요. 돈이 너무 많이 든다는 핑계를 대고요. 그리고 나서 일자리를 구하겠어요.

르픽 씨　무슨 일자리? 구둣방에라도 들어가겠다는 거냐?

홍당무　구둣방이건 어디건 다 좋아요. 어쨌든 먹을 거 걱정 않고도 자유로울 수 있으니까요.

르픽 씨　그러기엔 너무 늦었어. 아빠 구두 바닥에 못을 치게 하기 위해서 널 교육시키진 않았거든.

홍당무　하지만 아빠, 전 자살할 생각도 했어요.

르픽 씨　허풍떨지 마라.

홍당무　정말이에요. 어제만 해도 목을 매려고 했단 말예요.

르픽 씨　아무튼 넌 지금 멀쩡하잖니? 그러니까 그런 생각은 안 한 것이나 같아. 지금 자살하려다 그만두었다고 위협을 하는 거니? 홍당무야, 세상엔 죽고 싶은 사람 천지란다. 너만 죽고 싶은 게 아냐. 그러니까 너무 멋대로 생각하고 멋대로 행동하지 말란 말야.

홍당무　그렇지만 형이나 누나는 행복해요. 엄만 저만 못살게 구는 거예요. 재미삼아 그러는 게 아니라면 도대체 왜 그러는지 전 도무지 이해할 수가 없어요. 아빤 우리 집 가장이기 때문에 모두들 쩔쩔매죠? 아무도 아빨 불행하게 하지는 못하잖아요. 그게 바로 이 세상에는 행복한 사람이 있다는 증거예요. 그리고 저도 그 사람들처럼 행복하고 싶단 말예요.

르픽 씨 이 고집쟁이 꼬마야, 넌 너무 좁은 소견으로 이 세상을 파악하고 있어. 그 나이에 세상일을 다 안다고 생각하니? 사람들 마음을 전부 알 수 있냐고?

홍당무 적어도 저 자신에 대해선 알고 있어요. 또 알려고 노력해요.

르픽 씨 그렇다면 알겠구나. 홍당무야, 행복 같은 건 아예 단념해라. 일러두는데, 넌 지금보다 절대 더 행복해질 수 없어. 그런 일은 결코 없어.

홍당무 그렇지 않을 거예요.

르픽 씨 단념하라니까. 대신 네 마음을 갑옷으로 무장하거라. 어른이 되어 스스로 자유를 얻게 될 때까지 말이다. 그때가 되면 넌 우리와 인연을 끊고 새 가정을 만들 수 있을 거다. 비록 성격이나 생각은 바꾸지 못한다 해도 말이다. 그때까지는 그냥 떳떳하게 행동해라. 너무 신경을 곤두세우지 말고 다른 사람들이 살아가는 모습을 잘 지켜보거라. 식구들까지 말이다. 아마 상상외로 재미있을 거다. 기분 전환도 될 수 있고.

홍당무 물론 다른 사람도 저와 같이 여러 가지 고민이 있을 거라고 생각해요. 하지만 그 사람들을 동정하는 건 먼 훗날 일이에요. 지금 당장에는 제 자신을 위하는 것만으로도 너무 벅차요. 아무리 나쁜 운명을 타고있다 해도 저보다는 나을 거예요. 적한텐 엄마가 있어요. 그런데 그 엄만 절 싫어해요. 저 역시 마찬가지고요.

"난 엄마를 사랑하고 있는 줄 아니?"

참다못해 르픽 씨가 퉁명스레 말했다.

홍당무는 깜짝 놀라 르픽 씨를 보았다.

르픽 씨의 입술은 더부룩한 수염 사이에 감춰져 있었다. 마치 아무 말도 하지 않았다는 듯이.

홍당무는 한동안 아무 말도 할 수가 없었다. 오직 르픽 씨의 손을 꼭 움켜쥐고 있을 뿐이었다. 홍당무의 가슴 속에서 기쁨이 샘솟듯 솟아올랐다.

르픽 씨는 주름진 이마에 축 처진 눈꺼풀로 어두운 길을 보고 있었다.

홍당무는 주먹을 불끈 쥐고 어둠 속에서 잠든 마을을 향해 쳐들었다. 그리고는 큰 소리로 외쳤다.

"심술궂은 여편네! 인정머리 없는 여편네! 정말 싫어!"

"그만해라!"

르픽 씨가 얼른 말렸다.

"아무리 그래도 네 엄마 아니냐!" .

"아아!"

홍당무는 당장 주먹을 내렸다.

"꼭 엄마한테 한 말은 아니었어요."

홍당무는 풀이 죽어 아주 작게 중얼거렸다.

홍당무의 앨범

1

르픽 씨네 가족 앨범을 본 사람이라면 누구라도 놀라리라.

에르네스틴느 누나와 훼릭스 형의 사진은 참으로 다양했다. 서 있는 모습, 앉아 있는 모습, 예쁜 옷을 입은 모습, 반나체로 있는 모습, 찡그린 모습, 활짝 웃는 모습 등 온갖 자세에 온갖 형태가 다 있었다. 그것들은 한결같이 멋진 배경을 하고 있었다.

"홍당무 사진은 없나요?"

누군가 그렇게 물어 보면,

"아주 어렸을 때 사진은 몇 장 있었는데……."

르픽 부인은 시치미를 뚝 떼고 그렇게 대답했다.

"하지만 너무 귀여워서 다들 가져가 버렸어요. 그래서 집에는 한 장도 남아 있는 게 없어요."

그러나 사실은 한 번도 찍어 준 적이 없었다.

2

홍당무의 본명을 알고 있는 사람은 거의 없었다. 가족들조차 항상 홍당무라고만 불렀으므로 모처럼 부르려 해도 얼른 생각나지 않을 정도였다.

"왜 하필 홍당무죠? 머리카락이 불그스름해서요?"

누군가 그렇게 물어 보면,

"성격은 훨씬 더 불그스름하죠."

르픽 부인은 그렇게 대답했다.

3

홍당무의 개인적 특성은 이랬다.

얼굴은 아무리 보아도 남의 호감을 살 형편이 못 되었다.

콧구멍은 마치 두더지 굴처럼 크고 깊었다.

귀에서는 항상 빵 부스러기와 같은 귓밥이 잔뜩 들어 있었다. 아무리 파 주어도 마찬가지였다.

눈이 오면 혓바닥 위에 얹어 놓고 쭉쭉 빨면서 녹이곤 했다.

걸음은 발뒤꿈치를 서로 부딪치면서 볼썽사납게 걸었다. 난쟁이같이.

목에는 항상 시퍼런 때가 끼어 있었다. 마치 목걸이라도 한 듯.

몸에서는 퀴퀴한 냄새가 났다.

4

홍당무는 식구들 가운데 가장 먼저 일어났다. 하녀 아가트와 같이 일어났다. 겨울에는 날이 밝기도 전에 일어났다. 따라서 시계는 손으로 보아야 했다. 시계 바늘을 손가락으로 더듬어서.

그리곤 커피가 나오든 코코아가 나오든 무엇이든 닥치는 대로 마셨다.

5

누군가를 소개받을 때, 홍당무는 얼굴을 돌리곤 손을 앞으로 내밀었다. 다리는 꼬아 옆벽을 긁어 댔다.

"키스해 주겠니?"

하고 물으면,

"싫어요, 그럴 필요 없어요."

그렇게 대답했다.

6

르픽 부인 홍당무야, 대답 좀 해라. 널 부르고 있잖니.

홍당무 네, 아빠 (네, 엄마).

르픽 부인 입에 뭘 넣고 말하지 말랬잖니!

7

홍당무는 항상 주머니에 손을 넣었다. 르픽 부인이 다가오면 얼른 뺐지만 미처 그러지 못할 때도 있었다.

어느 날 르픽 부인은 홍당무의 두 손을 주머니에 넣은 채 꿰매 버렸다.

8

"어떠한 일이 있더라도 절대 거짓말을 해선 안 된다. 설사 억울한 일을 당했다고 해도 말이다."

대부가 부드럽게 말했다.

"거짓말한다는 건 아주 큰 결점이란다. 또 거짓말을 해봐야 아무 소용도 없단다. 결국엔 다 드러나게 되니까."

"하지만 시간은 벌 수 있잖아요."

홍당무가 대답했다.

9

게으름뱅이 훼릭스 형이 간신히 졸업했다. 그는 아주 홀가분한 듯 크게 기지개를 켰다.

"넌 뭘 좋아하니?"

르픽 씨가 진지하게 물었다.

"이젠 진로를 정해야 할 나이 아니냐. 그래, 뭘 할 작정이냐?"

"네에? 또 뭔가 해야 된다고요?"

훼릭스 형이 놀라 물었다.

10

홍당무의 친구들은 항상 여자에 대해 이야기했다. 특히 베르트에 대해 많은 말을 했다.

"베르트는 눈이 파래서……."

홍당무가 말했다.

모두들 눈을 반짝이고 들었다.

"정말이니? 아, 얼마나 아름다울까!"

"아냐."

홍당무는 얼른 대답했다.

"사실 난 그 아가씨 눈은 보지도 않았어. 그냥 아무 생각 없이 말한 것뿐이야. 너희들 듣기 좋으라고……."

11

눈싸움할 때면 홍당무는 항상 전체를 상대하여 혼자 싸웠다. 그만큼 실력이 대단했다.

그 소문은 멀리까지 퍼져 있었다.

눈 속에 돌을 넣기 때문이었다.

홍당무는 항상 상대편의 머리를 노렸다. 그래야 승부가 빨리 났다.

다른 아이들이 모두 미끄럼을 타면, 홍당무는 뚝 떨어진 풀밭에 조그만 빙판을 만들었다.

말타기 놀이를 하면 자신이 말이 되겠다고 소리쳤다.

붙들기 놀이를 하면 언제든지 붙잡혀 주었다.

이제 자유 같은 것에는 미련이 없었다.

숨바꼭질할 때는 너무 꼭꼭 숨어 버려 모두들 찾는 것을 포기하게 했다.

12

홍당무는 훼릭스 형과 에르네스틴느 누나와 함께 키 자랑을 하고 있었다.

홍당무와 에르네스틴느 누나는 애초부터 훼릭스 형의 상대가 되지 못했다. 훼릭스 형이 에르네스틴느 누나나 홍당무보다 머리 하나는 더 컸기 때문이었다.

그러나 홍당무와 에르네스틴느 누나와는 직접 재 보아야 알 정도였다.

그런데 에르네스틴느 누나는 항상 발끝으로 서서 키를 높였다. 홍당무는 반대로 살짝 몸을 굽히고.

13

홍당무는 아가트에게 항상 이렇게 충고했다.

"마님한테 잘 보이고 싶으면 내 욕을 하면 돼."

하지만 르픽 부인은 다른 사람들이 홍당무를 건드리는 것은 용서하지 않았다.

어느 날 이웃 여자가 홍당무를 혼낸 적이 있었다. 그때 르픽 부인은 당장 달려가 이웃 여자에게 마구 화를 내며 홍당무를 구해냈다.

홍당무는 감격해서 르픽 부인을 쳐다보았다. 그러자 부인은 대뜸 날카롭게 노려보며,

"이번에는 내가 널 혼낼 차례다."

하고 말했다.

14

"넌 귀여움은 받아서 참 좋겠다."

홍당무는 피에르에게 그렇게 말하곤 했다. 피에르는 그 집안에서 귀염둥이로 크는 아이였다.

"난 한 번이라도 좋으니 손가락으로 감자 튀김을 집어먹어 보고 싶어. 복숭아도 씨가 붙은 채로 먹어 보고 싶고."

피에르는 얼굴을 찌푸린 채 고개를 저으며 말했다.

홍당무는 속으로 생각했다.

'만일 엄마가 날 깨물어 먹고 싶도록 귀여워한다면 아마 이 뭉툭한 코부터 먹기 시작할 거야.'

15

훼릭스 형이나 에르네스틴느 누나는 가끔 싫증난 장난감을 홍당무에게 줄 때가 있었다. 그때마다 홍당무는 형과 누나가 있다는 사실에 행복해했다.

그러나 홍당무는 절대로 기쁜 척을 하지 않았다. 장난감을 되돌려 달라고 할지 모르기 때문에.

16

홍당무　그럼 넌 내 귀가 크다고 생각하지 않는 거니?

마틸드　좀 이상하긴 해. 어디 이리 좀 와 봐. 얘, 네 귀에 모래를 넣어서 파이를 만들면 좋겠다.

홍당무　그래, 그 전에 엄마가 먼저 귀를 당겨서 뜨겁게 해 놓으면 파이가 잘 익을 거야.

17

"한 번 더 말해 봐라. 그럼 넌 나보다 아빠가 더 좋단 말이지?"

르픽 부인은 가끔 그렇게 묻곤 했다.

"그만두세요. 난 아무 말도 안 할 거예요. 맹세하지만 어느 쪽이 어느 쪽보다 더 좋다는 생각은 절대 없어요."

그럴 때마다 홍당무는 진심인 척 점잖게 말했다.

18

르픽 부인   뭘 하고 있니?

홍당무   아무것도 아네요.

르픽 부인   보나마나 또 어리석은 짓이겠지. 그런데 너 일부러 그러는 거니?

홍당무   전 그렇게 나쁜 아이가 아네요.

19

르픽 부인이 자신을 보고 웃는다고 생각하니 홍당무는 흐뭇했다.

그러나 르픽 부인은 무슨 생각 끝에 혼자서 웃었을 뿐이었다. 그러다 갑자기 무슨 생각에 검은 구르베리 나무 열매처럼 얼굴이 어두워졌다.

홍당무는 놀라서 얼른 쥐구멍을 찾았다.

20

"홍당무야, 그렇게 소리내지 않고 좀 얌전하게 웃을 순 없니? 그리고 울 땐 왜 우는지 분명히 이유를 알고 좀 울어라."

르픽 부인은 그렇게 말하곤 했다. 또 이런 말도 했다.

"도대체 어떡하면 좋지? 이 아인 뺨을 아무리 때려도 눈물 한 방울 흘리지 않으니."

21

르픽 부인은 또 이렇게도 말했다.

"어딘가에 더러운 것이 있으면 이 아인 꼭 그걸 묻혀 온단 말야. 또 고집이 얼마나 센지 한 번 뭘 우기기 시작하면 끝이 없고. 자존심은 또 얼마나 센지, 아마도 자존심 때문이라면 자살이라도 할 거야."

22

사실 홍당무는 자살하려고 한 적이 있었다. 양동이에 물을 가득 담아 놓고 코와 입을 담근 채 가만히 있었다.

바로 그때 누군가 귀싸대기를 갈기는 바람에 양동이가 구두 위로 뒤집혔다. 그로 인해 홍당무의 자살은 실패했다.

23

르픽 부인은 이따금 홍당무에 대해 이렇게 말했다.

"그 앤 날 닮아 악의라곤 조금도 없어요. 심술궂기보단 바보 같죠. 또 아주 느려서 눈에 띌 만한 짓은 못 해요."

또 이렇게도 말했다.

"별일 없이 잘 자라기만 하면 큰 부자로 살 거예요."

사실인지 르픽 부인은 정말 그렇게 말할 때마다 흐뭇하게 미소를 짓곤 했다.

24

"만약에 말야."

홍당무는 혼자 공상에 잠겨 중얼거렸다.

"훼릭스 형이 선물 받은 목마를 나도 받게 된다면, 난 그 목마를 타고 도망쳐 버릴 거야."

25

밖에 나가면 홍당무는 휘파람을 불곤 했다. 바깥에서는 아무것도 무서울 것이 없었기 때문이었다.

그러다가도 르픽 부인이 따라오는 눈치가 보이면 얼른 휘파람을 멈추었다. 르픽 부인이 싸구려 피리라도 부수듯 자신의 입을 문질러 버릴 것이라 생각했기 때문이었다.

　그런데 더 애처로운 것은, 딸꾹질을 하다가도 르픽 부인만 보면 뚝
멈춰진다는 것이었다.

26

　홍당무는 르픽 씨와 르픽 부인의 연락병 구실을 했다.

　"홍당무야, 단추가 떨어졌다."

　르픽 씨가 이렇게 말하면 홍당무는 셔츠를 르픽 부인에게 가져갔
다. 그러면 부인은,

　"건방지게, 난 네 명령은 안 듣는다."

　이렇게 말했다. 그러면서도 반짇고리를 꺼내 단추를 달았다.

27

　"만일 아빠가 안 계시다면……."

　르픽 부인은 큰 소리로 말했다.

　"넌 날 가만 안 두었을 거다. 벌써 옛날에 이 칼로 내 심장을 찔렀
을 테고, 난 거리를 헤맸을 테지!"

28

"또 코 푸니?"

르픽 부인이 계속 잔소리를 했다.

홍당무는 손수건 가장자리에 코를 풀었다. 그러다 잘못하여 코가 밖으로 나가자 얼른 손수건을 접어 콧물이 보이지 않게 했다.

감기에 걸리면 르픽 부인은 항상 홍당무의 얼굴에 진한 식초를 발라 주었다. 너무 많이 발라 훼릭스 형과 에르네스틴느 누나가 샘을 낼 정도였다.

"이건 너 같은 아이에겐 상당히 좋은 약이다. 감기도 고치고 나쁜 머리도 트이게 하니까."

르픽 부인은 큰 소리로 이렇게 말하곤 했다.

29

아침부터 르픽 씨가 너무 놀려대는 바람에 홍당무의 입에서 이런 소리가 튀어나왔다.

"시끄러워, 이 개망나니야!"

순간 모두들 얼어붙은 듯 하던 일을 멈추었다.

홍당무노 꼼짝 못 하고 그대로 서 있었다. 쥐구멍이라도 있다면 들어가고 싶을 정도였다.

그러나 르픽 씨는 홍당무의 얼굴을 빤히 보았을 뿐 아무런 표정의 변화가 없었다.

220

30

에르네스틴느 누나가 약혼을 했다. 그래서 르픽 부인은 약혼자와 함께 산책해도 좋다고 허락했다. 다만 홍당무의 감시하에서라는 조건이 붙었다.

"너 먼저 가, 힘차게 뛰어서 말야."

에르네스틴느 누나가 말했다.

홍당무는 얼른 앞장을 섰다. 천천히 걷다가 마음 내키면 조금 뛰기도 했다. 그러다가 갑자기 개처럼 달음박질을 치기도 했다.

조금만 속도를 늦춰도 에르네스틴느 누나가 약혼자와 하는 말이 들려 왔다. 별로 듣고 싶지 않았지만 저절로 들려 왔다. 가끔 키스 소리도 들렸다. 그러면 홍당무는 공연히 헛기침을 했다.

홍당무는 점점 신경이 날카로워졌다. 그래서 마을의 십자가 상 앞에서 모자를 벗어 땅바닥에 내동댕이쳤다. 그리곤 발로 질근질근 밟았다.

"아무도 나 같은 건 사랑해 주지 않을 거야! 나 같은 못난인 말야!"

그 순간 귀가 밝은 르픽 부인이 담장 밖으로 불쑥 얼굴을 내밀었다. 무서운 웃음을 띤 채.

홍당무는 얼른 한 마디 덧붙였다.

"엄마만 빼고!" WORLD BEST

≪홍당무 *Poil de Carotte*≫ 바로 읽기

권순긍(문학평론가, 세명대 교수)

I. 쥘 르나르의 생애

≪홍당무 *Poil de Carotte*≫의 작가 쥘 르나르(Jules Renard)는 1864년 2월 22일 프랑스의 살롱 쉴르 마이엔느에서 출생하였다. 그의 아버지 프랑소와 르나르는 철도 부설 감독이었다. 어머니 로잔느는 말이 많았고 고함을 지르거나 투덜거리기를 잘하는 신경질적인 성격의 사람이었다. 아버지는 말이 없고 어머니와의 불화로 항상 집 밖으로 돌았다. 르나르는 경제적으로는 부유했으나 화목하지 못한 가정에서 자랐다.

그에게는 형 모리스와 누나 아멜리가 있었는데, 그다지 사이가 좋지 않았다. 매사에 게으르고 무기력한 형과는 어릴 때부터 사이가 나빴다. 그리고 인정이 많은 누나는 어머니를 대신하여 그를 돌보아 주었지만, 매우 열렬한 신자였던 그녀는 그를 진정으로 이해하지는 못

하였다.

이러한 가정 환경 속에서 르나르는 매우 고집스럽고 내향적인 성격으로 성장했다. 학교에서마저 친구도 없이 외톨이로 지냈다. 그러나 머리가 좋아서 공부는 매우 잘하였다고 한다. 르나르는 17세가 되던 1881년에 집을 떠나 파리의 샤를르마뉴 고등중학교에 입학하였다. 이후 죽을 때까지 그는 파리에서 살았다. 사범학교에 진학하려던 애초의 계획을 포기한 르나르는 독서와 창작에 열중하였다. 플로베르와 모파상 등 자연주의 소설에 몰두하였으며, 빅토르 위고와 뮈세, 보들레르의 작품들을 탐독하였다.

르나르는 1885년 11월부터 1년 동안 군대에 복무한 뒤, 다시 파리로 돌아와 문학 창작에 힘썼다. 이 당시 르나르는 창고 회사 서기, 가정교사 등을 전전하면서 매우 힘든 시기를 보냈다. 24세 되던 1888년에 모르노 양과 결혼하였는데, 그녀는 조심스럽고 조용하며 착한 아내로 평생 동안 신경질적인 남편을 잘 보살폈다. 결혼한 이후 르나르는 생활의 안정을 찾고 가정과 문학에 몰두할 수 있었다.

그는 결혼하던 해에 자비로 소설집 《마을의 범죄》를 출판하면서 본격적인 작가의 길로 들어서게 되었다. 1889년에 상징파 잡지 「메르퀴르 드 프랑스」의 창간에 참여하였으며, 이 잡지에 문예비평과 소설을 발표하면서 문단에서 이름이 알려지기 시작하였다. 이 당시 르나르의 소설에는 자연주의 작가 플로베르의 영향이 강하게 나타나 있었다.

1894년에 《포도밭의 포도 재배인》과 《홍당무》를 발표하면서 르나르는 플로베르의 영향에서 벗어나 독자적인 문체를 완성하게 된다. 1896년에 야생 동물의 생활을 사실적으로 묘사한 《박물지》를 발표하면서 그는 명실공히 프랑스의 가장 주목받는 작가의 대열에 올라섰다. 이 무렵 고향 시트리 근처에 있는 쇼모라는 곳에 농가를 사 매년 여름을 거기에서 보내면서, 농민 생활을 소재로 한 작품 활동을 계속하였다.

르나르는 1897년에 희곡 ≪이별의 기쁨≫과 ≪나날의 빵≫을 발표 하면서 극작가로도 명성을 높였다. 이후 10년간 그는 소설보다 희곡 창작에 더욱 몰두하게 된다. 1900년에는 소설 ≪홍당무≫를 각색한 ≪홍당무≫가 앙트완느에 의해 상연되어 대성공을 거두었다. 1900년 에는 쇼모 마을의 촌회 의원이 되었으며, 아버지가 맡았던 시트리 마 을의 촌장에 선출되어 죽을 때까지 계속하였다. 르나르는 작가로서의 공적이 인정되어 1907년에 최고의 영예인 아카데미 콩쿠르 회원으로 선출되었다.

르나르가 이렇게 작가로서 명성을 높이는 동안, 그의 가정사는 매 우 불행하게 이어졌다. 1897년에 중병에 걸린 아버지가 자택에서 엽 총으로 자살하였으며, 형 모리스도 1900년에 젊은 나이로 죽었다. 형 의 사망 소식을 들은 르나르는 "평생 서로 무관심하게 지낸만큼 그의 죽음은 더욱 슬프다"라고 애도하였다. 그리고 아버지의 자살로 고독 과 우울증에 시달리던 어머니마저 1907년에 시트리의 집 앞 우물에 빠져 자살하였다.

르나르도 두통, 복통, 동맥경화증으로 고생하다가 1910년 5월 22일 에 46세의 나이로 세상을 떠났다. 그가 죽은 뒤 전 17권의 ≪일기≫ (1925~1927)가 발간되어 그의 생애와 문학을 증언해 주고 있다.

2. 쥘 르나르 소설의 특징

르나르는 습작 시절에 자연주의 작가인 플로베르와 모파상의 영향을 많이 받았다. 그러나 얼마 지나지 않아 자연주의 소설가들의 무차별적이고 지나치게 세부적인 묘사 경향에 대해 비판 의식을 갖게 되었다. 또한 "관찰을 하지 않은 현실을 기반으로 한 모파상의 묘사는 현실의 근사치에 지나지 않는다"고 하여 자연주의 작가들의 현실 묘사가 실제적인 현실과 동떨어진 점에 대해서도 비판하였다.

한 예로 당시의 소설에서는 젊은 여성들을 그릴 때, 창백한 얼굴로 사색에 잠긴 우울한 여성, 즉 육체적으로는 화려하고 향기로운 존재이나 정신적으로 매우 복잡미묘한 존재로 묘사하는 것이 일반적이었다. 그러나 르나르의 소설에 등장하는 여성들은 그와 반대로, 잘 먹고 몸이 건강하며 현실적인 사고를 중시하는 여성으로 묘사되었다.

그는 이처럼 문학에 의해 생겨난 잘못된 관념들을 반대하였다. 그리고 자신이 관찰한 사물과 대상을 있는 그대로 그려내기 위해 노력하였다. 그는 ≪박물지≫를 쓴 뒤에 자신만만하게 이런 말을 남기기도 하였다.

"동물을 그릴 때에 있어서도 자기가 본 것만을 그대로 그리기 때문에 그것은 인간이 읽어서 재미있을 뿐 아니라 동물이 읽을 수만 있다면 읽고 흥겨워할 것이다."[1]

또한 르나르는 자신의 문학관을 이렇게 정의하고 있다.

진실이 항상 예술인 것은 아니다. 예술이 항상 진실인 것도 아니다.

---

1) 민희식, <쥘 르나르의 ≪홍당무≫에 대하여>, ≪홍당무≫, 고려원, 1987. 221쪽. 재인용.

그러나 진실과 예술에는 몇 가지 접촉점이 있다. 나는 그것을 찾는 것이다.[2]

르나르는 '무엇을 쓸 것인가'보다 '어떻게 쓸 것인가'에 대해 더욱 고심한 작가였다. 그런 까닭에 르나르의 소설은 분명한 줄거리가 없는 작품들이 많다. 대신 그는 쉬운 일상적인 말로 대상을 정확하게 표현하기 위해 언제나 노력하였다. 이를 위해 사물과 대상에 대한 날카로운 관찰과 놀라운 통찰력, 사실적인 묘사가 요구되었다.

작가의 감정 표출을 억제한 직접적이고 간결한 문체는 르나르를 단문(短文)의 명수로 불리게 하였다. 일견 단조롭고 건조하게 읽히는 그의 문체는 섬세한 유머와 경쾌한 환상이 가미됨으로써 그 매력을 고조시킨다. 이것이 르나르가 자연주의 작가인 플로베르에게서 배우고 또 그를 넘어서게 되는 지점이었다.

르나르는 사물을 묘사하는 자신만의 독특한 방법을 개발하였다. 그 것은 비유를 통해 사물의 모습을 마치 영화의 한 장면을 보듯이 생생하게 전달하는 방법이다. 예를 들어 닭이 급히 도망치는 모습을 '손을 호주머니에 넣고 달린다'라고 표현하거나, 바다에 파도가 높이 치는 모습을 '노인이 샴페인을 마시다 흘려 수염에서 거품이 인다'라고 표현하는 것이다. 그는 이러한 표현 방법을 사용하는 자신을 일컬어 '이미지의 사냥꾼(Chasseur des images)'이라고 부르기도 하였다.

또한 소설 곳곳에 삽입된 풍부한 대화, 대화와 서술이 자유롭게 교차하는 것도 '르나르식 산문'의 특징이다. ≪홍당무≫의 한 구절을 예로 들어보면,

---

2) <역자의 말>, 이가림 역, ≪홍당무≫, 문예출판사, 1984. 216쪽. 재인용.

살짝 문 두드리는 소리가 났다.

르픽 부인   저 사람이 또 무슨 일이지?
르픽 씨   또는 무슨, 10수우만 달라는 거지. 올 때가 됐잖소. 어서 문
　이나 열어 줘요.

르픽 씨의 말에 르픽 부인은 못마땅한 표정으로 문을 열었다.
　문을 열자마자 부인은 밖에 서 있는 장님의 팔을 잡아 안으로 끌어
당겼다. 날씨가 몹시 추웠기 때문이었다.3)

이처럼 대화가 풍부하고 때로 지문이 사용되기도 하며, 대화와 서
술이 자유롭게 교차되는 르나르의 소설은 쉽게 희곡으로 옮겨질 수
있는 장점이 있었다. 르나르가 한때 극작가로 이름을 날렸던 것도 이
러한 특징과 무관하지 않다.

3. ≪홍당무≫에 대하여

(1) 사랑 받지 못하는 소년, 홍당무

≪홍당무≫는 작가 자신의 소년 시절의 체험을 바탕으로 쓴 것이
다. 르나르도 어린 시절에 주인공 홍당무처럼 말이 많고 신경질적인
어머니로부터 사랑을 받지 못한 채 자랐다고 한다.

소설의 주인공 홍당무는 마을의 상 마르크의 고등중학교에 다니는
소년이다. '홍당무(원래는 당근털)'는 머리카락이 붉고 주근깨가 많아
서 그에게 붙여진 별명이다. 아무도 그의 본명을 부르지 않고 그저

---

3) 이 책 81쪽.

'홍당무'라고만 부른다. 이 소설은 홍당무가 방학과 휴가 기간에 형 훼릭스와 함께 상 마르크 기숙사를 나와 집에 머무는 동안에 일어난 일을 간단한 스케치 형식으로 그린 것이다.

홍당무의 어머니 르픽 부인은 변덕이 심하고 냉정한 사람이다. 특히 홍당무에게 고의적이라고밖에 볼 수 없는 심술을 부릴 때가 종종 있다. 그녀는 홍당무가 밤에 화장실을 가지 못하도록 밖에서 문을 잠그고, 요강도 갖다 놓지 않는다. 어쩔 수 없이 난로에다 볼일을 본 홍당무에게 똥을 탄 수프를 먹이기까지 한다. 홍당무가 주머니에 손을 넣고 다니는 것이 못마땅해 아예 손을 집어넣은 채 바지 주머니를 꿰매 버린 적도 있다. 집안의 궂은 일은 언제나 홍당무에게 시키면서도 그에게 따뜻하게 칭찬 한 마디 하는 법이 없다. 홍당무는 음식을 먹는 것조차 어머니의 눈치를 보아야 한다.

"이제부터 너한테 줄 멜론은 없다."
르픽 부인이 말했다.
"넌 원래 날 닮아 멜론을 싫어하지만."
'거짓말쟁이!'
홍당무는 르픽 부인을 보며 속으로 생각했다.
늘 이렇게 르픽 부인은 홍당무가 좋아하고 싫어하는 것까지 스스로 정했다. 따라서 홍당무는 르픽 부인의 뜻에 따라 좋아한다고 하거나 싫어한다고 해야 했다.
예를 들어 치즈가 나오면,
"홍당무는 치즈를 싫어하지?"
르픽 부인이 그렇게 앞질러 말하면 홍당무는 감히 먹을 생각을 못했다.
'먹으면 안 되는 거구나.'

섣불리 먹었다가는 어떻게 당할지 뻔히 알고 있기 때문이었다.4)

불쌍한 홍당무는 가족들이 다 먹고 토끼에게 버리는 멜론 껍데기를 먹으며 위안을 받는다. 또한 어머니는 홍당무를 바보 같고 더럽고 욕심 많고 거짓말쟁이에다 잔인한 성격을 가진 구제 불능의 아이로 몰아붙인다. 형과 누나도 홍당무에게 함부로 대한다. 특히 게으르고 이기적인 형 훼릭스는 부모들이 눈치채지 못하게 홍당무의 몫을 가로챌 때가 많다. 어머니로부터 미움받고 형제에게 소외당한 불쌍한 소년, 그것이 홍당무다.

홍당무를 이해하고 감싸주는 것은 오직 그의 대부(代父)밖에 없다. 그러나 대부는 성미가 까다롭고, 이상한 행동으로 사람들과 떨어져 외롭게 살고 있는 괴팍한 노인이다. 그는 홍당무말고는 다른 어떤 사람과도 상대하지 않는다. 그러니 대부가 홍당무를 사랑하는 것도 정상적인 형태라고는 볼 수 없다.

홍당무는 애정 결핍에서 오는 심한 열등감에 빠져 있다. 그는 자신이 아무리 보아도 남의 호감을 살 수 있는 얼굴이 아니라고 생각한다. 들창코에다 잘 씻지 않아 지저분한 목과 귀, 볼썽사나운 걸음걸이는 덥수룩한 붉은 머리카락과 주근깨 투성이의 얼굴과 어울려 처음 보는 사람에게도 좋지 않은 인상을 준다는 것이다. 홍당무는 습관처럼,

"아무도 나 같은 건 사랑해 주지 않을 거야. 나 같은 못난이 말야!"5)

하고 뇌까린다. 그리고 자기 스스로를 바보라 부르기도 하고, 언제나

---

4) 이 책 28~29쪽.
5) 이 책 221쪽.

어머니의 눈치를 보며 주눅이 들어서 지낸다.

그러면서도 홍당무는 어머니의 사랑을 자신에게 돌리기 위해 최선을 다한다. 그녀를 기쁘게 하는 것이라면 아무리 하기 싫고 어려운 일도 거절하지 않는다. 한밤중에 추위와 무서움으로 떨며 닭장 문을 닫는 일, 사냥해 온 자고새의 목을 비틀어 죽이는 일, 개를 돌보고 풀을 뽑는 일, 장작을 패는 일, 커피를 빻는 일, 먼 곳으로 심부름을 가는 일 등등 이 모든 것이 홍당무의 몫이다. 어머니가 시키지 않아도 자진해서 이 일들을 도맡아 한다. 그가 이 모든 일을 불평 없이 하는 대가로 원하는 것은 오직 하나, 어머니와 가족들의 '수고했다'는 칭찬이다. 그러나 홍당무의 수고로움을 알아 주고, 그를 칭찬해 주는 사람은 아무도 없다.

　　잠시 후, 집 안에 들어서자 홍당무는 저절로 한숨이 나왔다. 따뜻함이 온몸을 감싸는 순간 가슴으로는 후련함을 느꼈다. 마치 진흙탕에 더럽혀진 옷을 벗고 새 옷으로 갈아 입은 기분이었다.
　　홍당무는 자랑스레 웃으며 주위를 돌아보았다. 르픽 부인을 비롯하여 훼릭스 형과 에르네스틴느 누나가 대견해하며 환대해 주리라 생각한 것이었다. 닭장에 다녀오는 동안 식구들이 얼마나 걱정을 했을까.
　　그런데 훼릭스 형과 에르네스틴느 누나는 책을 보느라 여념이 없었다. 걱정하기는커녕 동생이 나갔다 온 줄도 모르는 듯싶었다. 르픽 부인만이 무심하게 한 마디할 뿐이었다.
　　"이젠 밤나다 닭장 문 닫는 건 네가 맡아 해라."[6]

간절하게 사랑을 원했던 홍당무는 어머니와 형제들의 냉담함에 점차 절망한다. 그는 형과 누나에게는 친절한 어머니가 유독 자신에게

6) 이 책 8쪽.

만 매정하게 구는 이유를 알 수 없다. 그것은 어머니의 성격 때문일 수도 있고, 그가 알지 못하는 어떤 다른 이유 때문일 수도 있다. 어쨌든 그것은 홍당무 자신으로서는 어떻게 변화시켜 볼 수 없는 불가항력적인 것이다. 이 말은 그가 아무리 노력한다고 해도 어머니의 사랑을 돌려 받기는 어렵다는 뜻이다.

(2) 홍당무의 '진실'

《홍당무》는 이전의 문학작품에서 천사같이 귀여운 대상으로만 그려지던 어린이의 모습이 아니라, 교활하고 밉고 불결하고 오만하고 때론 잔혹한 면까지 가진 현실적인 어린이의 생활을 있는 그대로 묘사했다는 점에서 뛰어난 소설이다. 이 소설을 통해 작가인 르나르는 어머니에게서 냉대 받고 소외된 불쌍한 소년에 대한 동정심을 구하는 것이 아니라, 애정 결핍과 열등감으로 둘러싸인 비참한 상황 속에서도 자기 나름의 방법으로 그 상황을 무마시키고 해결해 보려는 한 소년의 내면 심리와 성장기를 보여 주고 있다.

세상에 대해 호기심이 많고 조심성이 적은 홍당무는 그 나이 또래의 소년들이 저지를 법한 자잘한 사고들을 종종 일으킨다. 그리고는 어머니의 잔소리와 꾸중을 피하기 위해 여러 가지 수단을 생각해 내서 곤란한 상황을 모면하려고 애쓴다. 그러나 홍당무가 자기 방어를 위해 궁리해 낸 방법들이란 것이 대부분 얕은 잔꾀거나 금방 들통날 거짓말이어서, 도리어 어머니에게 더욱 호된 야단만 듣게 된다.

　　"어떠한 일이 있더라도 절대 거짓말을 해선 안 된다. 설사 억울한 일을 당했다고 해도 말이다."
　　대부가 부드럽게 말했다.
　　"거짓말한다는 건 아주 큰 결점이란다. 또 거짓말을 해봐야 아무 소용도 없단다. 결국엔 다 드러나게 되니까."
　"하지만 시간은 벌 수 있잖아요."
　홍당무가 대답했다.[7]

　거짓말을 하지 말라는 대부의 다정한 충고에, 홍당무는 잘못을 했다가 들켰을 때 일단 거짓말을 하면 그 상황을 모면할 수 있는 시간을 벌 수 있다고 대답한다. 이것은 부모에게 한창 어리광을 부리며 귀여움을 받을 나이의 어린아이가 할 수 있는 대답이 아니다. 변덕스런 어머니의 구박과 형제들의 무시 속에서 자라는 동안, 홍당무는 너무 일찍 세상에 대처하는 방법들을 알아 버린 것이다. 그것도 아주 부정적이고 속물적인 형태로 말이다.

　홍당무는 자신의 열등감을 감추기 위해 일부러 오만과 허세를 부릴 때도 있다. 그는 새로 온 하녀 아가트에게 이 집안의 가장 골칫거리가 바로 자신이라고 자랑스럽게 말한다. 그리고 어머니에게 잘 보이고 싶으면 무조건 자기 욕을 하면 된다고 친절하게 가르쳐 준다. 이러한 행동은 애정 결핍에서 오는 열등감의 다른 표현이다.

　그리고 홍당무는 때때로 이해할 수 없는 잔인한 행동을 서슴없이 해 버린다. 아버지가 사냥해 온 자고새의 목을 비틀어 죽이거나, 길가의 두더지를 장난 삼아 죽이고, 또 낚싯밥으로 쓰기 위해 집 잃은 고양이의 머리에 총을 쏘아 버리기도 한다.

　어느 날 홍당무는 길바닥에서 두더지를 발견하였다. 굴뚝 청소부처럼 새까만 두더지였다.
　홍당무는 두더지를 가지고 놀다가 죽이기로 하였다. 그래서 몇 번이

---

7) 이 책 211쪽.

나 공중으로 붕, 날렸다가 떨어뜨렸다. 될 수 있는 한 돌멩이에 떨어지
도록 하였다.

두더지는 곧 다리가 부러지고 머리와 등이 터졌다. 금방이라도 죽을
것 같았다.[8]

한번 시작된 잔인한 감정과 행동은 마치 태풍처럼 홍당무를 휘몰
아 간다. 제어할 수 없는 흥분 상태가 그의 내면을 사로잡는다.

홍당무는 피로 얼룩진 채 파르르 떨고 있는 두더지를 보며 중얼거렸
다. 떨고 있다는 것은 분명히 살아 있다는 증거였다.
"이건 정말 대단한 일이야!"
홍당무는 두더지를 집어 들었다.
"이래도 안 죽을래!"
얼굴이 시뻘개지고 눈물을 글썽인 채 홍당무는 두더지에게 침을 뱉
었다.
홍당무는 옆에 있는 돌멩이에 두더지를 힘껏 내리쳤다.[9]

홍당무는 섬뜩할 정도로 잔인하게 두더지를 죽인다. 어머니와 형은
이러한 잔혹함이 홍당무의 본성이라고 생각하였다. 그러나 그것은 어
쩌면, 가족들의 관심과 사랑을 간절하게 원했지만 무관심과 냉대 속
에 방치되었던 홍당무의 상처받은 내면이 일시에 폭발한 것은 아니었
을까. 또한 누구에게서도 사랑 받지 못하는 자기 자신에 대한 미움이
동물들에 대한 잔혹한 가학 본능으로 나타났던 것은 아닐까.
어쨌든 홍당무는 외면적으로든 내면적으로든 귀엽고 착한 소년의

---

8) 이 책 37쪽.
9) 이 책 38쪽.

모습과는 거리가 멀다. 어머니가 교활하고 속물적이고 오만하며 잔인한 그를 사랑하지 않는 것은 당연한 일인지도 모른다.

그러나 작가 르나르는 이 소설을 통해 독자들에게 이런 질문을 던진다. '어린이는 그저 부모의 말에 얌전하게 순종하고, 천사처럼 순결한 생각과 행동만 한다'는 선입견이야말로 한갓 어른들이 지어낸 환상에 불과한 것이 아니냐고. 홍당무는 그런 환상의 이면에 숨겨진 적나라한 현실, 우리가 감추고 싶었던 있는 그대로의 현실의 모습일 수도 있다고.

(3) 아버지와 아들

어머니로부터 미움받는 홍당무에게 아버지는 각별한 존재이다. 아버지는 집안의 실질적인 권위자이며, 어머니도 그 앞에서는 눈치를 본다. 따라서 아버지를 자신의 편으로 만든다면 더 이상 어머니의 구박과 형제들의 무시 때문에 슬퍼할 필요가 없다. 홍당무는 아버지의 행동을 따라 하며 그가 가는 곳이라면 사냥이든 수영이든 같이 다니려고 한다.

그러나 아버지 르픽 씨는 언제나 사업상의 일로 바쁘다. 또 집에 있는 날은 사냥을 하러 가거나 조용히 쉬고 싶어한다. 그는 집 안에서 일어나는 문제들은 어머니의 몫이라고 생각하는 것 같다. 게다가 아버지는 내성적이고 무뚝뚝한 성격이라서 자식들에게 드러나게 애정 표현을 하는 일이 드물다. 홍당무는 그런 아버지의 애매한 태도 때문에 항상 마음을 졸인다.

> 홍당무는 그렇지 않다는 것을 보여 주고 싶었다. 그러나 너무 갑작스러운 일이어서 아무것도 생각나는 것이 없었다. 또 너무 반가운 나머지

말도 잘 나오지 않았다.

홍당무는 뒤꿈치를 들어 르픽 씨에게 키스하려고 했다. 그러자 르픽 씨는 얼른 머리를 뒤로 젖혔다. 마치 피하려는 듯한 모습이었다. 곧 다시 몸을 굽히기는 했으나 이번에는 뒷걸음질을 쳤다.

르픽 씨의 볼에 키스를 하려던 홍당무는 잠깐 콧등에 입술만 스치곤 뒤로 물러섰다. 꼭 키스해야겠다는 생각은 없었다. 다만 어리둥절한 채 멀거니 르픽 씨를 바라보았다.

홍당무는 자신이 르픽 씨에게 그런 대접을 받은 것을 이해할 수 없었다.

'아빠 날 사랑하지 않나 봐. 훼릭스 형한텐 키스를 하더니 왜 나한텐 안 하는 걸까. 어째서 모두들 나한테만 그러는 걸까. 나만 삐뚤어지게 하려고 그러나? 난 석 달 동안이나 떨어져 있으려니까 엄마 아빠가 보고 싶어서 견딜 수가 없는데. 그래서 강아지처럼 엄마 아빠한테 매달리고 싶은데. 나도 형이나 누나처럼 사랑 받고 싶은데. 엄마나 아빠가 어루만져 주길 얼마나 바라는데. 하지만 엄마 아빠 만나기만 하면 항상 내 기분을 망친단 말야.'[10]

예고도 없이 갑작스럽게 학교 기숙사로 찾아온 아버지를 보고, 홍당무와 형 훼릭스는 몹시 반가워한다. 둘은 뛰어가 아버지에게 키스를 한다. 그런데 아버지가 형의 키스는 받고 자신의 키스는 피한 것 때문에 홍당무는 매우 슬픈 기분이 되어 버린다. 그는 아버지가 더 이상 자신을 좋아하지 않는다고 성급하게 결론짓는다. 그러나 아버지가 자신의 키스를 피한 것이 사랑하지 않기 때문이 아니라, 자신의 귀에 꽂힌 펜대에 찔릴까 봐 그런 것이란 사실을 알자 홍당무는 뛸 듯이 기뻐한다.

---

10) 이 책 94~95쪽.

어머니와 홍당무의 관계가 쉴새없이 일어나는 사건들과 격렬한 감정 싸움의 연속인 것에 비해 아버지와 홍당무의 관계는 매우 정적이다. 묵묵하게 아버지의 뒤를 따르거나 그의 주변을 맴돈다. 심지어 홍당무는 어머니가 자신에게 한 일들을 아버지에게 일러바치려는 생각도 하지 않는다. 그렇지만 홍당무의 인생에 아버지가 미치는 영향은, 어머니에 비해, 절대적이다. 두 사람이 주고받은 편지는 그러한 사실을 확인시켜 준다. 홍당무는 학교와 기숙사에서 일어난 일들—학과 공부의 진행 상황, 선생님들의 모습, 친구들과 있었던 일 등을 세세하게 아버지에게 편지로 써서 보낸다. 그러면 아버지는 답장에서 홍당무가 미처 이해하지 못한 일이나 내용에 대한 자신의 생각을 적어 보내곤 했다.

이렇게 보일 듯 보이지 않을 듯 이어져 온 홍당무와 아버지의 관계에 급격한 변화를 일으켜 준 사건이 발생하였다. 어느 날 홍당무가 어머니에게 정면으로 반항을 한 것이다. 하는 일 없이 빈둥빈둥 놀고 있던 그가 어머니의 심부름을 거절하였다. 이전까지 한 번도 없었던 일이다. 너무나 화가 나고 당황한 어머니는 어쩔 줄 몰라 하며 아버지에게 도움을 요청하였다. 아버지는 홍당무에게 산책을 하자며 조용히 데리고 나갔다. 홍당무는 지금까지 참아 온 모든 일들을 아버지에게 털어놓았다. 그리고 결심한 듯이 이렇게 말했다.

"그런데 그 엄마 절 싫어해요. 저 역시 마찬가지고요."[11]

홍당무의 이야기를 참을성 있게 다 듣고 난 아버지는 그를 설득하기는커녕 자신도 어머니를 좋아하지 않는다고 고백한다. "난 엄마를

_____

11) 이 책 206쪽.

사랑하고 있는 줄 아니?" 이 한 마디는 홍당무와 아버지의 관계를 완전히 변화시켜 놓았다. 그리고 장차 홍당무의 인생도 변화시켜 놓을 것임에 틀림없다. 아버지가 그를 아들이 아니라 한 사람의 성인으로 인정해 주었기 때문이다.

> 홍당무는 한동안 아무 말도 할 수가 없었다. 오직 르픽 씨의 손을 꼭 움켜쥐고 있을 뿐이었다. 홍당무의 가슴 속에서 기쁨이 샘솟듯 솟아올랐다.[12]

아버지의 비밀을 들은 뒤부터 홍당무는 더 이상 어린아이가 아니었다. 그토록 열망했던 아버지의 인정과 사랑을 확인했을 뿐 아니라 그와 남모를 비밀을 공유한 사이가 되어 버린 것이다. 이제 어머니의 구박이나 형제들의 냉대는 홍당무를 더 이상 슬프게 하지 않을 것이다. 그는 아버지와 동등한 어른이기 때문이다. 이렇게 하여 홍당무의 전쟁 같던 소년기는 끝이 났다.

---

12) 이 책 207쪽.

질 르나르 연보

1864년   2월 22일 프랑스의 살롱 쉴르 마이엔느에서 출생.

1881년(17세)   파리의 샤를르마뉴 고등중학교에 입학.

1885년(21세)   11월 군 입대. 1년 동안 복역.

1886년(22세)   재대한 뒤 파리로 돌아와 문학 창작에 힘씀. 시집 ≪장
　　　　　　　미≫ 발표.

1888년(24세)   평생 동안 착한 아내로서 내조한 모르노와 결혼함. 자
　　　　　　　비로 ≪마을의 범죄≫ 출판, 본격적인 작가의 길로 들어섬.

1889년(25세)   상징파 잡지 「메르퀴르 드 프랑스」의 창간에 참여.
　　　　　　　여기에 문예비평과 소설을 발표하면서 문단에서 이름이 알
　　　　　　　려지기 시작함. 이 당시 르나르의 소설은 플로베르의 영
　　　　　　　향이 강하게 나타났음.

1891년(27세)   소설 ≪부평초≫로 특이한 작가의 위치 차지.

1894년(30세)   ≪포도밭의 포도 재배인≫, ≪홍당무≫ 발표. 플로베르
　　　　　　　의 영향에서 벗어나 독자적인 문체 완성.

1896년(32세)   ≪박물지≫ 발표. 프랑스의 가장 주목받는 작가의 대열
　　　　　　　에 올라섬.

1897년(33세) ≪이별의 기쁨≫, ≪나날의 빵≫을 발표하면서 극작가
　　　　　로도 명성을 높임. 중병에 걸린 아버지가 저택에서 엽총으
　　　　　로 자살.
1900년(36세) 소설 ≪홍당무≫를 각색하여 앙트완느에 의해 상연되
　　　　　어 대성공. 쇼모 마을의 촌회 회원이 됨. 형 모리스 죽음.
1904년(40세) 시트리 마을의 촌장에 선출.
1907년(43세) 아카데미 콩쿠르 회원으로 선출됨. 어머니 우물에 빠져
　　　　　자살함.
1910년(46세) 두통, 복통, 동맥경화증으로 고생하다가 5월 22일 죽음.
1928년 르나르 사후 그의 ≪일기≫가 발간됨.

Hye Won World Best

Hye Won World Best